細野 豊詩集

Hosono Yutaka

新・日本現代詩文庫

145

土曜美術社出版販売

新・日本現代詩文庫　145　細野豊詩集　目次

詩篇

詩集『悲しみの尽きるところから』（一九九三年）全篇

詩集『花狩人』（一九九六年）全篇

詩集『女乗りの自転車と黒い診察鞄』（二〇一二年）全篇

詩篇

詩集『悲しみの尽きるところから』（一九九三年）全篇

Ｉ　悲しみの尽きるところから

悲しみの尽きるところから

悲しみの尽きるところから
僕の歌は始まるだろう

アンデスの高地平原《アルティプラーノ》*1が不意に途切れ
はるか眼下にアマゾンの樹林が広がる
そんな景観に出合うとき
僕の歌は始まるだろう

まだ僕はこだわっている

女達がいちように
強いられた西洋の帽子を被り
強いられたスカートを幾重にもまとい
うつむいて歩くこの高地平原《アルティプラーノ》に

女達はアルパカや羊毛の手織りの布に
抑圧を赤子のようにくるんで背負い
アンデス山脈の雪の輝きを頬に映して
黙々と歩き　うずくまる

犯されて子を産み続けた女の歴史
太陽の帝国*2の誇りが
あらゆる神殿の壁から
黄金とともに引きはがされ
大西洋のむこうの
神聖な場所へと運ばれた

そのときから女達は
どんな思いで子を産み続けてきたか
「息子よ　私を犯したおまえの父を殺しなさい
息子よ　おまえが成人したら……
でもおまえはお父さんにそっくり
きっとあの人のように
たくましくなるでしょう……」

僕はこだわっている
灌漑の水路が見捨てられて砂礫に埋もれ
高地平原《アルティプラーノ》が荒廃してしまったことに
女達も乾き荒れ果て
荒廃の中で犯されつつ子を産み続けたことに

……………
だが黒い帽子の下の女達の顔が
能面に変わるとき

悲しみが尽きて
かすかにほほ笑みがかえってくるとき
僕の歌は始まるだろう

はるか眼下アマゾン熱帯樹林の
褐色の蛇のような流れの中に
きらめきのごとく
数々の能面が見えかくれするとき……

＊1　高地平原《アルティプラーノ》―南米大陸を縦断するアンデス山脈の中に広がる平均海抜三五〇〇メートルの平原で、面積は二〇万平方キロメートルに及ぶ。その大部分がボリビア国に属する。

＊2　太陽の帝国―インカ帝国を指す。インカの人々は、太陽や月などを神として崇めたので、太陽の帝国とも呼ばれる。十六世紀初頭スペイン人によって征服された。

原色樹林

―ボリビアの女性画家
カルメン・ビリャソンに―

おまえはおまえの精を
熱帯樹林の赤い花や
濃緑の葉やつる草の中に立たせ
黒い斑点に侵されたバナナの皮を
ゆっくりと剝き
熟れた果肉を彼女の
喉の奥へ押し込む

おまえと肩を並べて
サンタ・クルス・デ・ラ・シエラ市*の
石畳を歩く

男の大脳の
額に近い部分が軋みはじめるとき
おまえは男の左の耳に口を寄せ
銀河系の外の生物から
通信を受感するときの
快楽についてささやく

……できみは答えるの?…… とたずねると
おまえは人差指を唇にあてて首を振り
大きな目の中に
男を吸い込む
白いおまえの中に住む
インディオの呪いで
男はすくんでしまう

情景はいつのまにか夜で
男は

すこし欠けはじめた月を見上げ
温帯の秋のことなどを思い出し
きみはなぜ月を描かないのかと
おそるおそるおまえの手に触れる

拒絶されて
さらに哀れな姿となり
ぼくらの祖先は月を歌い月を描き
いまもぼくたち日本人は……などと
あらぬことを口走る

おまえは
数歩も前の方を歩いていて
角を曲がって消えてしまう
男は犬のように首を垂れ
夜明けの嘲笑の中を
とぼとぼと

日常の住処へ帰る

＊　サンタ・クルス・デ・ラ・シエラ市―ボリビア国東部に位置する同国で二番目に大きい都市。人口約六十万人。熱帯に近い亜熱帯に位置するため、一年中濃緑の葉や赤・黄・紫等の花々に覆われ、季節の移り変わりを感じとるのがむずかしい。

パーティーのあとで

娘が太陽を流産する
子宮も溢れでる
これは汚《けが》れているから
丁寧に焼却して
小鳥の餌に配合しよう

太陽は生きのこる

できそこないの神
彼は愛することができない
彼が愛そうとするものは
みな燃えてしまうから

不妊となった娘がつぶやく
「次のパーティーには
　パンタロンでそれともミディで？
　排泄したからとてもほがらかになった
　彼等が欲しいのは滑らかな脚と腹と
　海の底で鳴っているたくさんの貝だから
　この次はもっと念入りにお化粧しよう」

太陽は苛立って走る
汚れた巣に棲みついたときから彼を脅かした
あの海鳴りが今も聞こえるから
彼を産んだ者に復讐するため

激しく回転する

空しいひとり舞台
石女はほほ笑み
海の底でたくさんの貝が開く
男達の赤い舌
みんなが不具の神を嗤っている

出陣祝福

石女を四人
連座させ
首を薙ぎ
頭部は
犬に与える
下腹部の茄子は

呪詛の巣だから
摘出し
丁寧に
焼却してから
灰を海に撒く
残った四つの体は
脚を長いものから順に
北・西・南・東にむけて
十字型に横たえ
出陣する戦車の
キャタピラの
祝福に供する

蛇

あいつは飲みきれない孤独を飲んで生きている

痛みを押しつぶすために
おまえを絞めようと狙っているから
あいつに話しかけてはいけない

街で出合うと　あいつは
ひょろながい首をあげ　ひょうきんに踊る
おまえは笛のように笑いながら
こっそりかたわらに壺を置くがよい

とぐろ巻くあいつの憎しみを閉じ込めたら
猫のようにすばやく立ち去ることだ
あいつがひびわれた口をぱっくりと開け
どんなにもがいていようとも

女よ
おまえはゆらゆらと川のよう
蛇性の恍惚をうたうために

創られたものではないか

欲求

下腹部のあたりから背骨のほうへ水平に
蒼海がある
そこで夜中に分解してしまった息子は
たくさんの焦げた箸となって
亀たちのように降る
焼夷弾
砂地に墓石
子供のちぎれた腕をにぎって
女が走ってくる
どぶ川の底でゆれる頭髪
恋人の昇天
白い脚をかき抱くように
記憶にすがりつく若者は
何度映しても
画面が立体にならないので
蜂の尻をつぶしたいとねがい
一息に池を飲み
はふはふと瑪瑙の船腹をなめ
仰むいて終焉を待っている

赤と黒
—ロルヒオ・バーカの絵の前で—

スクレ*の近代美術館で
僕は彼に逢った
彼は絵であった
山であった
赤い色

あれは山肌から
あふれる血
イエス・キリストの胸
槍は斜めに天を指していた
高射砲
光の十字架
そうだった
一九四五年三月のあの夜
どこからも血は流れず
空と都市がただ赤く燃え
翌朝東京は壮大な墨絵であった
樹木　煙突　ビルディング　放送塔
建っているものはすべて黒く
人々は黒く焦げて
蟻のように
横たわっていた
その後
ひとりの日本の画家は
黒い絵を描く
すべてがただれた黒色だ
ここボリビアでは
絵から血が流れる
緑の山々から人間の歌が
赤い川となって流れでる

＊　スクレ—ボリビア国の憲法上の首都。

反逆の神々

神々は立っている
瀕死の大木のように
大地に足をふんばり
両の肩に天を支え

群生の痛みに
かろうじて耐えている
（何故逃げない
　何故こころを売らないのか）
汚濁の汗が目をふさぐから
ここは　不可視な超短波で
いっぱいだから
夜を啄む嘴は見えない
（見るために逃げない
　見るために売らない）
いつか
犯す者の首をつかみ
手のしびれ足のしびれといっしょに

逆らう者のこころを絞める
とびだす　まっ赤な舌
めらめら燃えあがる風と雲
天が落ちる

そして混沌のなかから
ふたたび立ちあがる者達
それはやはり
死なない反逆の神々

権兵衛
―蜘蛛―

朽ちかけた縁の下にしゃがみこんで
少年は地中の権兵衛を獲った
―もろい土のなかの

白い管が蜘蛛の住処だった

ゴンベ　ゴンベ
ハラキッテ　シーネ

命令された権兵衛は
自分の脚で腹を突くのだ
葡萄に針を刺すように

陽が陰り
空が紫色にそまると
少年はきまって
自虐の作業に熱中した

少年は刑執行の司令官の目になり
生と死の
残酷を確かめようとする

いま権兵衛は
わたしの思惟の土の中にいる

Ⅱ　帰って来た母に

帰って来た母に

それではもういちど
討論の続きをはじめましょう
あんなに筋を通して説いたのに
あなたは解ろうとしなかった

そして
僕のなかに鬱積を残したまま

あなたは逝ってしまったから
僕と係わりを持つ女性はすべて滅びてしまう
という妄想さえ僕は持っている

解決しなければならないから
妄想を殺さなければならないから
母よ　もういちど
討論に応じて下さい

いつもだまって笑うだけで
あせた写真のように
あなたはおぼつかない

言葉のない世界のほうが楽ですか
母よ
あの頃僕があんなにも一途に話すと
言葉はもどかしく滑るだけで

あなたの声は涙によごれた
今でもあの声が響いていて
僕はひとりで立つことができません

美しい夕焼けのなかへ
静かに去っていってほしい
だから　母よ
もういちど討論の続きを
はじめましょう

乳房

君と僕の幾千の夜と昼が
別々に過ぎていったあとの
狂いそうな疼きのなかで

予感したように
君は帰ってきた

器用ではなかった青春へ
僕らはひといきに翔んでしまう
見たこともなかった君の乳房が
きっと李のように
すこしへこんだ乳首が
あの頃のまま
僕の閉じた目の中に
はっきりと見えてくる

だからかすかに
触れさせてください
さざ波のような
君の媚笑が僕を震わせ
僕の耳をくすぐるのです

乳房をこわすのはやめようと
心に誓うこと　それは
あまりにつらすぎるから
僕はしっかりと君を抱く

幾千の夜のむこうに
君が与えた疼きを刻む
墓石の立ち並ぶ真昼の芝生で
取り戻すことのできない
夢の結婚衣裳のうえから

訪問

〝うりう君はいませんか
うりう君は……〟

戸のむこうでうごめく気配
〝いないよ　だれもいませんよ〟
〝あなたはだれ　あなたは
うりう君のおかあさん？〟
戸のむこうで押し殺した笑い声
やがてそれは隙間風の泣き声にかわり
〝うりうは死んだ
うりうはいま海の底
脂ののった刺身を食べてはいけないよ〟
〝おかあさん　あなたは何が言いたいのだ
汚されたあの船のことか？〟
〝わたしは知らない　なあんにも知らないよ
行っておくれ　もう息子のことを
友達などと言わないでおくれ〟

〝こんばんは　こんばんは
こちらいささ君のお宅？
どうかここを開けて下さい〟
戸のむこう側で目が光る
ぎらぎらするその光で
ぼくは不意におもいだす
そうだ戸を開けられたらたいへん
おれは殺られてしまう
〝おお　いささよ
開けないでくれ
ぼくはただ
美しかったあの頃の記念に
きみの写真をもらいにきただけだから〟
毛むくじゃらの手に握られて
戸の隙間から差しだされた
紙片に映っているのは
おお　なんと
まっ赤な蛇の舌……

ゆみみを訪れるのに
ノックはいらない
戸を押しあけて首をつっ込むと
そこはうす暗い洞穴
はるかむこうを
なにやら白い
優雅なものがよこぎる
ああ　あれは美貌の豚であったか
突当りと思われるあたりには
赤子の頭のようなものが見える
目をそむけ上を仰ぐと
天井にはしみで描かれた
無数の姿態
生まれてはじめて
星空を見る子供のように
ぼくは立ちつくす

言葉を連ねれば連ねるほど

言葉を連ねれば連ねるほど
そこに空しさが証明される
そういう詩をぼくは書きたい
友達と触れ合おうと
若い独楽よまわれひたすらに
独楽はいつか倒れる
で　首よ打たれよ
水滴がひんやりと草の表に光るのを
静かに待っておりました
そして或る日ついに来てしまいました
ああ　やたらとけばけばしきもののあるなり
負《ふ》の方角から迫れナルスよ
いまこそ戦いの時
だが敵はどこにいるのか見えない

この期におよんで敵が見えないとは
何たる不覚
何か漠としたものしか
ぼくの周囲には出没せず
確かなものが見えない
信じることは逃れることか
いいから君よ死んでしまえ
ぼくはひとりで立ち
ひとりで対決し　葬る
葬ったあとは不安で
どうやって逃れるかこの恐怖から
ああと欠伸を吐いてしまったからには
死んでもらいましょう
きっと明日からは別の時代が始まるはずだったの
に
戦いの終りの日に射ち落とされた若者のように
あと一日生きのびればよかったものを
やはり再会は実現しなかった
とても多くのことが次々と起ったが
脈絡のない歳月が頭上を過ぎただけだった

或る詩人の死

詩人と
海を見に行った
港の　汚れた海であった
岸辺には倉庫が立ち並び
遠くに工場の煙突が数本見えた
桟橋には錆びた船がつながれていた
詩人は
海についてのロマンチックな話で
そのむこうにある世界を描いて見せた

風は汚物の臭いがしたが
海の香りもいくらかはあった

それから旬日のあと
詩人は
見たところきれいな海へ出かけて行き
溺れて死んだ

葬式の日　祭壇に飾られた詩人の写真は
にこやかに笑い
その前に立った僕は
ああ　あれは詩人にふさわしい死であったと
溢れ出そうな笑いを
かろうじてこらえた

実のところ
問題なのは僕の死であり
他人のことはどうでもよいと
僕は思ってしまうのだ

からすが鳴いた

からすの鳴き声を
不吉だと思うのは
僕の偏見だろうか
おふくろが死んだとき
おじやおばが死んだときも
からすが鳴いた　と
記憶しているのは
僕の錯覚だったろうか

一九六九年十月十日

街で反戦集会が開かれるという今朝
東京の病院の一室で
僕はからすの声を聞く

おおきなガラス窓を通して見る
スモッグの空には
風の吹いている気配もなく
鳥の姿すら見えないのに

荒地のなかの雑木のように

荒地のなかの
雑木の群の一本のように
ぼくはじっと坐っていたい
葉を振り落とすように
言葉を捨て

馬が尻に月光を浴びて
つっぱしる夜にも
ぼくはただじっと坐っていたい
それなのにここへは冬がこない
捨てても捨てても
言葉はあとからあとから
ざわざわと生まれ
蛍の乱舞で
ぼくの周囲を蒼白にする
幹がひびわれてもなお
言葉をしげらせ
他者の方へと
ぼくを傾ける
おまえはだれ

詩

生まれかけてしぼんでしまった
あるいは
いちど創られたのに失くしてしまった
ぼくの詩よ
運河と腰掛けの日々からはじきだされた
硬質の愛だから
ぼくは失いたくなかった
それなのに
なんと多くの屍が
ぼくの庭に捨てられたことか
踏むとぼろぼろ崩れてしまう
白い骨
もうぼくの空には
禿鷹も飛ばない

たったいちど限りの
ぼくの詩の変わりはてた姿よ

×　×　×

ありえないことだが
奇蹟として
おまえたちが生まれ変わるとき
夜空は不吉な星に満たされるだろう
北斗の星がきしむとき
いくらかその歪みから
立ち直れるだろう

ともだちよ

ともだちよ　聞いてくれ
ジャブやフックがどんなにすばやく
死を垣間見せたかを

やさしい目だった
攻勢に転ずるために
ともだちよ　どうすればよいか
山のように立っている
あるいは　こだまのように
どこにもいない
ともだちよ
あれはだれなのか
美しい肢体と　ときには
優雅な心さえ持って
人々に忘却を与える　あいつがいるから
女達の塗りこめられた顔には
染みる痛みをやどすひだがない

あの頃　ぼくらは
焦げた死骸の散らばる街を
悠久の手で抱くことができた

蛇口からは水が流れつづけ
夜も昼も　ぼくらは
腕を組み合って歩いた
窓の下の小川は澄んでいた
今日　新調の背広に
疲労をおし包み
「明日」はさてどちらの方角から
やって来るのかと
欄干にもたれ　油ぎった水面に
「孤り」の顔を映す

取り戻せ
あの怒りを
殺意　そして
大笑いを
川底に光る猫の目の
神話よ

いないともだちよ
たった一度だけ在った恋よ
虎のように
杵のように　死んでいる
ぼくのきらめきよ

とても深いところで

――息子に――

とても深いところで
世界が疲れている
焼跡では
硬直する陰惨を
かろうじておし包んでいた
祈りが崩壊し
ついに広島が現れる

息子よ
いずれ見なければならないものを
いま見たにすぎないのだから……
だがもしもおまえが
ここに来てしまったことを
悔むとしたら……

永く話して聞かせることが
ありそうに思えるのに
なぜ俺は
口を開くやいなや
しどろもどろにうつむき
世界が不吉な夕方のように
焼けてしまうのか

解きほぐすために俺は書く

俺の核は火傷のひきつれのように
かたくなに観念のあぐらをかき
やさしさを忘れ
射たれるのが怖いから
奴隷のように忠実な漕ぎ手となって
黙々と肩をいからせる

正月のソネット

大みそかの夜の夢に
宝の船が訪れたのか
少女よ　浮き立つおまえの襟に
狐が死んでいる

影のない街に　木の足音
すばやく風が獣皮を撫で
澄んでいたおまえの瞳に
蛇がやどると

ふるえる竹の林から
蒼ざめた月が頭を出す
赤子のように

少女よ
おまえの谷間から
夜の犬のうぶ声が聞こえる

詩集『花狩人』（一九九六年）全篇

情景

標高約三八〇〇メートル
ボリビア共和国ラパス市の
ホテルBの一室で
「原点が存在する」*を読んでいると
外から群衆のざわめきが聞えてきた
街路を隔てて二〇〇メートルほど斜向いの
ホテルAの入口を埋めつくした人々が叫んでいる
「フィデル！　フィデル！
フィデル・カストロ！
ようこそボリビアへ……」

一九九三年八月五日
この国の大統領就任式を翌日に控えたこの日
彼は　かつて盟友チェ・ゲバラが
革命を起こそうと潜入し　殺された
ここボリビアへ
バティスタ政権打倒から三十数年後
はじめてやって来た

アルゼンチンのメネムや
ペルーのフジモリ
その他多くの国々の要人達がここへ来ているが
フィデルに人気をさらわれて影が薄いので
みんな機嫌が悪い

翌八月六日
一〇〇〇キロメートルほど南にある亜熱帯の町
サンタ・クルス市の民家の居間で白髪の老婦人が

テレビで　アイマラ族出身の副大統領の
就任演説を聞きながら呟く
「わたしはフィデルが嫌い
　キューバでは言いたいことが言えないから」
かたわらでその娘が言う
「あの副大統領はインディオの苗字を捨てて
　スペイン風に変えたのよ……」

テレビの場面が変わり
リポーターがフィデルに追いすがる
「キューバでの複数政党制採用は？
　民衆は民主主義を求めています……」
フィデルは無視して通り過ぎる

その頃
この町の濃緑の樹木に覆われた中央公園では
ベンチに腰かけた学生が
かたわらの友達に話しかけている
「北の巨人に対抗して生きのびるため
　フィデルにはあの方法しかなかったのさ」
友達は黙って頭上の濃緑を見つめる

＊　谷川雁のエッセイ。

熱帯雨林

——ふたたびカルメン・ビリャソン[*1]に——

グアプルー[*2]の実でいっぱいの
皿を両手にかかえ
密林《セルバ》のなかにひとり
立っている妖精
カルメン・ビリャソン！
びっしり繁った濃緑のなかに

トボロチ*3が咲くとき　その花と
熟れたバナナの匂いに包まれて
ディープ・キスしようよ！
緑の葉が散ると
あとからすぐに
新緑の葉がざわざわ
生まれてくる。
そして　青い蛇が
おまえの足元から
股へとのぼる。
むせかえる湿気のなかで
あやしく笑う
カルメン・ビリャソン！
おまえの目は蒼い海となり
白い征服者たちを呑みこむ。
だから　カルメン・ビリャソン！
ディープ・キスして

おまえの闇から僕の闇へと
注いでくれ
インディオの呪力を！
この日本を操るあいつらを
滅ぼすために……。

＊1　カルメン・ビリャソン―ボリビア人女性画家。
＊2　グアプルー―ボリビアの熱帯樹林で木の幹にじかに生る果実。ぶどうに似ている。
＊3　トボロチ―同じく熱帯樹林に咲く花で、遠くから見ると桜に似ている。

断章

―アステカ帝国*の崩壊について―

ピラミッドの頂上の祭壇に
皇帝と

神官が五人
四人は生けにえの
手と足をひとつずつ押さえつけ
残るひとりが石刀で
心臓をえぐる

〝おお　私たちの守り神太陽よ！
明日もまたまっ赤に燃えて
昇ってきてくれますように！
世界はとても疲れているから
あなたが甦るためには
勇敢な若者の生き血が必要だ
だから私たちは毎日
あなたが地平線に飲まれるまえに
血の滴る心臓を捧げる
おお　だが今日はどうしたことか……〟
心臓が太陽に向かって飛んでいく

血にまみれ　ぴくぴく震えながら
船のように大空を走る

五人の神官は狼狽し
両の手をおおきく広げて後を追う
皇帝はおののき
地にひれ伏すばかり
遠い海辺の都市から
飛脚が到着し
彼の地での出来事を
おそるおそる報告する
大きな白帆に赤の十字を染めぬいた
キャラベル船隊がやって来たのだ

〝ああ　白い神々がわれらを懲らしめに
戻ってくるという言い伝えは
やはり本当だったのか……〟

崩壊の始まりである

＊　アステカ帝国—十四世紀から十六世紀の初めにかけて、現在のメキシコの地に栄えた帝国。一五一九年スペイン人によって征服された。

インディオの血

「あんたにはインディオの血が入っているの？」
グアテマラから来たという
白人ふうの若者に聞いてみる
「スペインにはもともと
肌のあさぐろい人たちがいたから……」
純粋なスペイン人の子孫で
インディオの血はまったく入っていないと
言いたいのだ
白人でありたい願望でいっぱい

カルメン・ビリャソンはちがう
先祖にはボリビアの大統領もいる
由緒ある家系だが
インディオの血が流れていることを
充分に知っていて
開きなおっている

グアテマラの若者よ！
カルメンの肌を
アンデス山脈の雪のように
輝かせているものが
君には　見えないのだろう

予感
―ティティカカ湖畔*にて―

湖から吹く風はかすかに潮の香りがする
日はいつも陰って
波頭がわずかに白くくだけている

海抜三九〇〇メートルあまりの岸辺に立ち
男はとおく原点を探し求める　そのまえを
黒い帽子をまぶかにかぶったインディオの少女が
右手で小枝をうち振りながら羊の群れを追ってい
く

(沖には小舟がただひとつ漂っている)
どんなに目線をあげても見えはしない

いつまでもこの湖畔にじっと
座りこんでいたいほど身を刺す寂寥の
湧きだしてくる位置は

湖のはるかむこうは深く切りたつ断崖で
その底は熱帯雨林である

＊　ティティカカ湖―アンデス高地平原にあり、ボリビア領からペルー領にまたがる広大な湖。面積八一〇〇平方キロメートル。海抜三九一五メートル。

まるごと　すぽっと……
―メキシコ市大地震―

一九八五年九月十九日の朝
メキシコ市中心部の大地が液状化し
三文化広場*1に近い団地では

一棟がまるごと　すぽっと地中に飲みこまれた
外務省の高層ビルはすこし傾いてつっ立っている

中央広場《ソカロ》[*2]に面したホテルは崩れ落ち
正面入口の壁にかけられていた時計はたれさがっ
　て
地震が発生した七時十八分を指したまま止まって
　いる

そのときから　死者たちの時間がはじまった
いまごろは　地中に都市ができ
窓々にあかるい灯がともって
だんらんの食卓を囲んでいるだろう

だって　いっしゅんに飲みこまれたから
苦しむひまなどなかった
「死ぬ」とは　地上から地下へ
ひょいと移り住むことだったのだ

四日前の九月十五日、独立記念日前日の二十三時
中央広場《ソカロ》に面したベランダで大統領は群集をまえ
　に鐘を鳴らし
¡Viva México！（メキシコ万歳）と叫んだ
地震当日の朝も　中央広場《ソカロ》ではいつものように
兵士の一団が音楽を鳴らして行進し
広場の中央に国旗を掲揚したのだろうか

おおきく　ゆったりした横ゆれであった　死者五
千人ないし一万人　略奪などまったくなかった
し　ボランティアが　小型トラックに赤十字のマ
ークをペンキで書いて　怪我人を病院へ運んだり
した　交通整理も彼らがやった　政府を当てにし
た者など　ひとりもいなかった　政府が　当てに

されながらあまり役にたたなかった阪神大震災の
場合とは　いささかちがっていた

＊1　三文化広場―三つの文化を象徴する建物（アステカ帝国時代のピラミッド跡、スペイン植民地時代のカトリック教会、現代の外務省高層ビル）がこの広場に面しているのでこう呼ばれる。

＊2　中央広場《ソカロ》―四角いこの広場を囲んで、大統領府、メキシコ連邦区庁、大聖堂《カテドラル》などがある。

輝く墓石

くろくかすむ夜の高層ビル街へ
ちろちろゆれる灯《ともしび》の列が到着する

そびえたつ墓石の群れが
にぶく輝くとき
そこからたくさんの能面が吐きだされ
踊りはじめる
のっぺりしたもの　わずかにほほ笑むもの

消灯後の病棟に
整然と並んだベッドからむっくり身を起こし
窓から脱けだして街を徘徊する
癌患者たちの影も見える

真夜中になっても帰れない
女子従業員たちのため息をのせて
血がひとすじ
ビルの裏口から流れだし

蛇行する都市高速道路の
ヘッドライト
蛍の乱舞

ヒロシマの川べりでは
体じゅう焼けただれてしまった者たちが
よどんだ水を飲んでいる

ではまた明日の朝お会いしましょう
くすんだ都会・墓地で……

市《いち》

街のざわめきからすこしはずれた一隅の
コンクリートの床のうえで
ゆるやかな音楽にあわせて
年老いた女たちが裸で踊っている

娘や中年の女たちがおおぜい群がって
それを見ている　そしてとつぜん
若々しい声が「買った！」と叫ぶ
音楽がやみ　踊りが中断されると
ひとりの女が踊りの列から連れだされ
男が鉈のようなもので
女の右腕を切り落とし
新聞紙にくるんで買い手に渡す

また音楽が鳴りはじめ
踊りがはじまる
腕を切り取られた者も
血をしたたらせながら踊っている

老人は人生経験が豊富だから
そのスープはなんともいえないこくがあって
年越しそばにも雑煮にも
なくてはならない

だから　いつも年の瀬になると
切り売りはかかさず繰り返され
いまは買い手である娘にもいつか
踊りに加わる時がやってくる

ふたつのパーティー

招待状を受けとったので　その気になって来てみたが　そういえば　なにかしら　予感はあった。青年実業家　ホテルの経営者　市の計画局長など　あまり親しくないとはいえ　顔見知りのはずなのに　こちらから　グラスを片手に近づいて行っても　無視している。というより　ぼくがそばにいることに気づかないらしい。
かれらどうしは　楽しそうに　日本語で話しあっているのだし　ぼくももちろん　日本語で話しかけるのだが　まったく反応がない。
仕方がないので　混みあっているなかをかきわけて　大テーブルに近づき　生サーモンのうす切り　ゆでてマヨネーズをかけた海老　焼き玉子や椎茸の入ったのり巻きなどを　おお急ぎで皿にとり　片隅へ引っこんで　もくもくと食べる……。
ふと隣を見ると　兵士がひとり　こちらを見て　にこにこ笑っている。ああようやくぼくを認めてくれる人に　出合えたと　ほっとして　こちらもにこにこと会釈する。と兵士が口を開く。
「五十年ぶりに帰って来ました。骨はレイテ島の密林のなかに置いたままで……。これが日本かと思うほど変わりましたね。でも皆さんお幸せそうで……。自分たちが　あの戦争を一生懸命戦ったのが　いくらかでもお役に立ったのでしょうか……。」
兵士のそばには　モンペ姿の娘がいて　話しか

けてくる。
「サイパン島の断崖から身を投げました。馬鹿なことをしたものだと思いますが　あのときは　ああするしかなかったのです……。」
　よく見ると　会場は　五十年ぶりに帰って来た死者たちで　あふれている。そうだ　ここではふたつのパーティーが　同時に行われているのだ。そして　そのことに気づいているのは　ぼくだけ……。
　それにしても　なぜぼくは　生きている者たちのパーティーには　参加できないのだろう……。

気絶する勲章

一階から四階までの階段を
首席事務官があたふた駆けのぼる

—局長！　彼が勲章を断りました
—？
—戦後民主主義を信じる者に
　この勲章はふさわしくないと……
—なぜあの賞はよくてこれがだめなんだ？
　年金もつくのに……

例の事務官がふたたび階段を駆けのぼる
—局長！　彼は言ったそうです
「この勲章は寅さんがタキシードを着るようで
私には似合わない」と
—寅さんと勲章とどういう関係があるのかね？
—無関係と思いますが……
—まったくほんとに……
　肝心なことをよく調べたまえっ！

—なにを調べりゃいいんだ

ぼやきながら階段を駆け降りる途中
事務官はすべってころんで
気絶する

局長はおおきな物音を聞くと
舌打ちして
パイプに火をつけようとするが
脂《やに》がつまっているせいか
さっぱりつかない

挑戦

風を切る手裏剣
ぐさりと敵の顔面に突き刺さる
それは空想だ
じっさいに投げたのは

自分の右足からもぎとった
運動靴
くるくると宙に舞い
なみなみと水を張った
田植え後の田んぼに落ちた

オンボロ輸送船
へさきを天に向けて突っ立っている
潜水艦の一撃でやられたのだ
狙われるのはいつも丸腰のおまえ
だれも助けてくれやしない

それでもおまえ肝に銘じておけ
いくらやっつけられても
おまえより弱い奴に手を出すな
負けても　負けても
おまえを狙う力持つ者に向かっていけ

ひしゃげた運動靴が身をよじる
オンボロ輸送船が吠えている

喪失

いつも
大切なものをなくしている
恋人　鞄　財布　パンツ
昨日は
電車の中に靴を置き忘れた

だから
遠い空へとまっしぐらに上昇する
エレベーターに乗って
恋人を　真っ白のパンツを
夢の中へ
探しに行こう

眼下には緑の草原が果てしなくつづき
止めようとしても昇りつづける
エレベーターにはげしく揺られながら
不安に戦いている

ふとした不注意で
いちどなくしてしまったものは
にどと戻ってはこない

はだかの恋人が
僕のパンツをはいて
大空を
飛んでいく

待ってくれ……

ぼくはどこへ行こうとしているのか

スモッグにけぶる高速道路をつっ走り
燃焼しきれないガソリンの匂いを
胸いっぱい吸いこんで
高層ビルにたどり着く

「エレベーターはどこですか?」
「この坂道をくだりきって右に曲がり　突きあたりを左に折れて……」
「え?　ここにはないの?　わざわざそんなところまで歩くなんて……」

いつのまにかエレベーターに乗っている

はげしく揺られながら
どこまでも　どこまでも
猛スピードで上昇する
力いっぱいボタンを押しても止まらない
はやく降りたい……

ホテルの混みあうフロントで
人を押しのけて鍵を受けとる
鍵札に刻まれた部屋番号は
十二桁もあって覚えきれない
長い長い廊下を歩きまわって部屋をさがすが
一致する番号は見あたらない
途方にくれて片隅のソファに座りこむ

またエレベーターに乗っている
ぼくはどこへ行こうとしているのか

めまい

かろうじてぼくは考えている
いつになったらやすらぎは来るのか
いつになったらこのめまいは終わるのか

ぼくのゆがんだ世界に
その人はどのように現われるのか
ぐるぐるまわる暗い夢のなかで
かろうじて考えている

螺旋階段を駆け降りながら
めくるめくめまいのなかで
その人の輪郭をたしかに捉えようと
ぐるぐるあがいている

いつまでたっても吐き気はおさまらない
いくら踏みしめても足元は定まらない

その人とはだれなのか
見定めようとするのだが
ビッグバンのようにひろがり続け
ぼくはぐるぐるまわるばかり……

ほほ笑み

ほほ笑みの奥に
虚栄と偽善が
透けて見える

それらほほ笑む者たちへの
僕の憎しみが凝縮されたダイアモンド

のように冷たい
詩を創ることができたら

そして僕の結晶の魔術で
彼らを恍惚とさせることができたら
ほほ笑みの仮面は
はがれて落ちるだろう

偽善者たちの素顔が現われるとき
彼らの意図は明らかになる
若者たちのみずみずしい情熱を
差し押えるために警官隊を送り込み
その成果を掠め取ろうとしているのだ

嵌められて

小舟のような　棺にも似た容器を　手押し車に載せて　ぼくのほかにだれかがふたり　計三人で押していく

トプゥン　トプゥン……　蓋を開けてみると　中は汚水でいっぱい　固形物も浮いている　跳ねかえる悪臭に耐えきれず　邸宅のまえの溝に　流してしまおうと　三人の考えが一致する

こぼしはじめるまえに　ぼくはもう逃げだしている　振りかえると　ふたりでこぼしているのが見える　ああ　ついにやったな……　人々が群がって　ふたりを取り押さえている

ぼくは足が地面に着かないくらい　まっしぐらに逃げる……　と部下に出合う　彼はすでに　ぼくが一味であることを知っていて　「いまのところ　表には出ていませんが　いずれはあなたもパクられますよ」と　同情するような　脅かすような口調で言う

それにしてもぼくらは　どうしてあの容器を運ぶ羽目になったのか……

やはり嵌められたのだな！　夢のなかで……

あなた

遠い遠い遠いところから
僕を呼んでいるあなたは
ひびきあいやがて消えるこだまを
僕の夢のなかに残す

深いとても深いところで
僕は暗い海に首までつかっていたり
胴体まで水を浴びて川を渡る夜汽車に
乗っていたりする

僕と向かいあう座席に
座っているのはあなた

顔はよく見えない
僕の顔を近づけても
見えるのはぼんやりとした輪郭だけで

あなたはいつも遠い

ふるさと・海

まあるい世界に抱かれた
くらあくなまあたたかい海のなか
ぼくは　潜水夫のように
平たい船底に管でつながれ
ただよっている

ここがぼくのふるさと・海
外界から膜をとおして
子守歌がきこえる
歌のリズムにあわせて
ぼくはゆれる

海草のようにゆらゆら
ゆれて
いつまでもただよっていたい
なまぬるい海にひたったまま……

歌がかわる
呼びかけにかわる
─出ておいで　出ておいで
ふるさとを捨てて……

激痛を浴び
叫び声をあげて
ぼくは出てゆかなければならない
陽の照りつける　ひくい雑木たちの荒地へ

さようなら　海!

彼岸の花苑

—若くして逝った姉のために—

青々とうねる海の向こう岸には　花々が咲き乱れ
て　私を呼んでいるから　ああ　あんなに咲き乱
れて。さようなら……　私は舟で行く　ゆたか
あなたは　あとから泳いでいらっしゃい　とその
女《ひと》は言った。

（だから今でも僕はうねる海がこわい）

翌朝　高熱とあのうわ言が嘘だったかのように
安らぎのなかでほほ笑んだが　間もなく消え入る
ように逝った。

その女《ひと》がいつから　僕らとともに生きるようにな
ったのか　憶えていない。
記憶がはじまるのは　或る日　その人が幼い僕を
苛めた　そのときからだ。
れんげの花咲く田んぼに　僕と並んで映ってい
る　一枚のあせた写真がある。
僕はいまだ　夢のなかでさえ　その女《ひと》が見たとい
う花苑を　見たことがない。
瞼の裏の　さざ波たつ水面に　花影がかすかに
揺れているだけ……。

花狩人

厠は塞がれていて
じくじく染みだしている
それを包みこむように
咲き乱れる

彼岸花の群れ
少年は
夢中になって
摘みとり
顔を埋める

汚物と花の匂いに
まみれて
気が遠くなり……
いつのまにか
空を漂っている
両手いっぱいに
花をかかえて……

花びらを
ひとつひとつ
小さな沼へ
狙いをさだめて
落とす

沼は
赤く染められ
熟れた匂いが
たちのぼってくる

ふるさとの祭・異国の祭

杉山神社は小高い山のいただき
急な階段のうえにある
杉木立にかこまれた神楽堂では
笛と太鼓で踊るひょっとこおかめが
顔のあげさげで泣き笑い

ふるさとの村に
夜這いはあったか?

ティティカカ湖畔の村の謝肉祭《カルナバル》*
曲がりくねった角とぎょろつく目玉で
悪魔《ディアブロ》の仮面は吠え
はねあがる付け髭の征服者は
腰のサーベルを鳴らして大地をける
謝肉祭《カルナバル》には好いた者どうしが
踊りとかりそめのまぐわい

杉山神社もティティカカ湖畔の村も陰って
さざ波のように寂寥が吹いている　そして
水面に　木立のむこうに
赤い月がゆれている

謝肉祭《カルナバル》には夜が明けるまで
踊りとかりそめのまぐわい

白いともだちは　熱帯林にかこまれた
酸素のあふれる町へ帰ってしまった
そこでは　照りつける太陽と濃緑のなかで
覆面の女たちが恋をあさっているだろう

ふるさとの村に夜這いはあったか
だれも教えてくれない

*　謝肉祭《カルナバル》―キリスト教国では、四旬節（復活祭に先だつ四十日間）に、荒野で苦行したキリストをしのんで精進（おもに獣肉を断つ）や懺悔が行われるが、その直前の三日ないし一週間、おおいに肉を食べ、仮装行列や踊りなどを行って楽しむ祭。アンデス高原地方の謝肉祭《カルナバル》は、インディオ文化の影響が濃厚である。

詩集『薄笑いの仮面』（二〇〇二年）全篇

I

男の伝記

あのひとやそのひとや街ですれ違った魅惑的なひとなどと
思うままに愛し合いたいと思いつつ果たせないいま
男は詩を書いたのだという
奥底から湧き上がる言葉を半ば無意識に書きつけていると
いつの間にか眠くなって男は夢のなかで顔の見えないひとと
決して成就することのない営みをむさぼったという
もっともっと若かったころにはひとりのひとだけを想い
寝ても覚めても想いつづけ
夢のなかで思いをとげたりしたのだが
想いつづけたそのひとは
どこにでもある出来合いの洋服のような
主婦という種族に変身してしまい
男は思い知らされたのだという
想いつづけるに値するひとなど心のなか以外にはいないことを
そして　それからというもの男は

あのひとやそのひとや行きずりのひとなど
魅力的なひとなら誰とでも愛し合い　次の日には
何もかも
すっかり忘れてしまう　そんな生活を望むように
なったのだが

世の中ままならない　このごろは何かをなくす夢
ばかり見て
顔の見えないひととの交わりさえ
思うにまかせなくなってしまったという

脱衣場に脱いでおいたはずのズボンがないので
パンツひとつで夢と現との間をうろうろ彷徨う
そんな情景を詩にするしか能がなくなってしまっ
たという

わたしたちと男たちの物語

1　旅立ち

満開の夜桜のしたでわたしたちを抱いたあと
東へ南へ西へ男たちは旅立っていった
そしていくたびか桜が咲いても戻って来なかった
ので
わたしたちはどこかから来ては行ってしまう別の
男たちと寝た

野も山も畑も雪に埋もれる冬には
男たちはやって来なかったから　わたしたちは子
を産み
水がぬるむころ濡れた畑に菜種を蒔き田植をした

繰り返す波のようにわたしたちの上を通り過ぎた
　男たちの
顔や姿を思い出そうとしたが　降りかかる花吹雪
と
月明かりのなかでの入り乱れた愛だったので
なにもかもがおぼろだった

春がくるたびにやや血のにじんだ花びらの群れが
わたしたちのなかの海面に舞った
そして風が男たちの消息を運んできた

或る者たちは南の島々の密林で白い敵に撃ち殺さ
れ
他の者たちは東の果ての大河のほとりで現地妻と
　胡椒を植え
また別の者たちは極北の原生林へ連れていかれ
重労働のすえに凍えて死んだ

2　帰還

手や脚とか目や耳を無くして帰ってきた男たちも
いた
身体は元のままで帰ってきた者たちは心を病み
物事をあるがままに見ることができなかった

かれらは　西の大陸で女や子供や老人たちを
命令されて虐殺した記憶に脅かされ
そこから逃げようとして逃げられず
夢でうなされ怯えつづけた　そんなかれらを
わたしたちは優しく包んであげたが　かれらは
かつて自分と寝た相手が誰だったか見分けがつか
ず
ただおろおろと目の前にいる女に夢中になった

わたしたちは色々な男たちとの交わりから生まれ
　た子供たちを
共同で育てることにした
「男たちよ　子供たちを別け隔てなく愛してほし
い
どれが自分の子供か判らないのだから」とわたし
　たちは言った

3　未来へ

このように　わたしたちは生きてきた
そしていま　新しい時代が始まろうとしている

日常

平日午前の地下食品売場の
色とりどりの商品の間を
身ごもった女たちが
雌の匂いをふり撒きながら徘徊する

売り手はみな中年の男で
安いよ　安いよ　これもあれも安いよと
大声を張り上げ
自分が孕ませた女が何人か混じっているかと
目を泳がせるが　みないちように雌で
どれがどれだか区別がつかない

突き出た下腹を抱えて
鵝鳥のように歩く女たちは

どれもやわらかそうなので
男たちは欲望をそそられ
いっそう大声を張りあげる

「試し食いはいかが
あれもそれもこれも
安くて　美味くて　長持ちで
この世の幸せここにきわまる」などと
女たちを誘いつつ

こんなに大勢の女たちを
孕ませた奴らを殺すためいっせいに
包丁を研ぎはじめる

昼頃になると売場は
女たちの体臭でむせかえり
狂ったように叫びつづける

売り手の男たち

そして　日没が近づくころ
売場は急速に冷えこんでいき
女たちの下腹は凋んでしまう

あの雌たちの熱気が嘘だったかのように
静まりかえった商品に囲まれて
売り手たちは勃起をもてあましている

女たちは各々の家へ戻り
新婚の若奥様にかえって
何食わぬ顔で主人の帰りを待っている

勤め人である主人たちは
昼休みの情事を腹の底にたたみこんで
にこやかに帰宅する

「ああ　今日も一日無事だった」と
ご先祖様に感謝しながら

モンゴロイドの血

金髪　碧眼　雪肌の男の愛撫で
しずかに開いてゆく肢体
股間の花びらが月光に濡れて輝き
桜色に染まる臀部
そこに浮きだしてくる紫色の地図
男は「あ」と驚きの声を洩らし
萎えてゆく樹木が花の蜜にまみれたまま
大地の褥に横たわる

「こんな筈ではなかった
俺と同じ雪肌だから同じ種族だと信じていたのに
汚れた血が混じっていようとは………
ユダヤ人でも許せないのに
ネグロイドやモンゴロイドとなれば
どうしたって我慢がならない
奴らのことを思っただけで
神経が苛立ち夜が凋んでしまう」

愛する者の萎えてしまった樹木に
口づけしようとして拒絶され
女は悲しみの目で問いかける
「なぜ？　なぜあなたはわたしを愛せないの？
遠い昔アジアの草原からやって来た
勇敢な騎馬民族の男たちが
あなたの祖先である美しい乙女たちを犯し
その男たちの血がわたしの中を流れているとしても

なぜあなたはわたしを憎まなければならない
　の？
そんなに遠い昔のことを
なぜ未だに根に持っていなければならないの？」

「理屈の問題ではないのだ
汚れた者は消えてなくなれ
この地球は　もっとも美しい肉体と
もっとも高貴な精神を持つわが種族のものだ
おまえたちが生き長らえる理由があるとすれば
それは俺たちの奴隷として仕えるためだけだ」

女の深く傷ついた心はひとつの体験を思い出す
「旅先のニューヨークで知り合った東洋の男に
言い寄られたとき　その男の平たい顔と
短いO脚がどうしても許せなかった
その男のひたむきさや純真さなど問題ではなか
　った
わたしはその男を抹殺したいと思った　あのと
　き
わたしはわたしの中を流れる
モンゴロイドの血について思い出しもしなかっ
　た」

女の目の色が悲しみを湛えた問いかけから絶望に
　変わる

合歓

黒い神が
はげしく
熱帯の夜の
白い舟を漕ぐ

黒くたけだけしいものに
貫かれ
揺られ　たわむ
舟
あふれる汗は
海となる
花びらのように
ひろがる
夜光虫の群れ
降り注ぐ星たちの下
舟は
漕ぎ手とともに
揺れ　揺れて
硬直する神の
放出
宇宙との
融合

やがて
やすらかな
凪のなかで
神も舟も
眠る
はるか
水平線を染める
太陽の微笑を
浴びて

いまもきみの足元は輝いている

そしてマルセーロ*　きみが住む亜熱帯の町から
暗く沈む北欧の都市或いは月の世界へ
あのひとは帰っていってしまったのに
いまもきみの足元は輝いている

まといつき俺を傷めるたくさんの砂金
流星が降りしきるこんな夜には
きらきら光る悪意や憎しみを俺たち
ひとつひとつ丹念に食べてしまおう

そしてマルセーロ　はるか離れた温帯の
高層ビル街にいるこの俺の地面も
こんなに輝いているのは何故だろう
もうあのひとはいないのに

大地が涙を吸い込むように
甘えも我がままもあるがままに受け入れるほど
あのひとを愛したいとの想いと　身勝手な俺に
とてもそんなことはできないという痛みの間で揺れる心

あのひとはもういないけれど
きみはいまも聞いているか
生命の奥底で鳴っているケーナとチャランゴ
叫ぶように咽ぶように波のうえを渡るあのうねり

あのあとマルセーロ　心の触れ合うひとなど
ひとりもいない筈の故郷へ何かを探しに俺は帰ってきた
ただ日本語が恋しかったのか
水底で遠い記憶が鳴っている

ほころぶ蕾を両唇ではさみ　舌を触れると
かすかに太古の海の味がする
頼りない舟でただひとり不安の海を漂う俺
亜熱帯の密林《セルバ》で生まれかわるきみ

あのひとはもう戻ってこないのに

マルセーロ　きみもいま夢のなかで
あのひとのぬるい水から生まれてくる光に顔を埋め
蕾を愛撫しつづけているか

＊　マルセーロ―スペイン語圏の男性の名前。この詩では、ボリビア国サンタクルスの彫刻家・画家で作者の友人であるマルセーロ・カリャウーが想定されている。

野良猫

若い雌　魅惑の妖精を
求めて　徘徊する
鼠小僧ならぬ
猫大僧となって
屋根から屋根へ
奈落を跳び越える

奈落に住む雌猫たちは
奥様族のように
脳の髄まで
浮き世の箍を
はめられてはいないから
どんな身分の客猫にも
いくばくかの
謝礼と引き換えに
別け隔てなく
愛を与える

この雌猫たちこそ
しなやかで　豊かで
つややかな感性の
持主であることを
知っている野良猫は

意を決して
跳ぶ
はるか彼方の
ユートピアを
目指して

およよ　よおーん
おろろ　ろおーん

湿った求愛の
ひびきが
袋小路の闇に
突き当たり
曲がり
町のすべての
壁に
こだまする

絞殺そして埋葬

絞殺がすべての始まりである
愛しい人を万感の想いをこめて絞め
骸はいたわりつつていねいに埋葬しよう

そうすればもう夢の中まで電話をかけて
その人を煩わせることもない
苦しいさよならを言いつづけることもない

詩の中のその人の痛みと
俺の痛みを摺り合わせて
俺の心を説得できたらいいのに
これは決して憎しみではないと

すべては絞殺から始まるのだ

俺の海が凪いでいたころ
憎しみさえすんなりと掬いあげて
詩の言葉に練り上げることができた

いまは昼も夜も　寝ても覚めても
愛しい人を絞めつづけなければならない
いつまでもいつまでも
埋葬を繰り返さなければならない

言葉を　言葉をどうしよう

飛び交う夢

メキシコ市ポランコ区
エドガー・アラン・ポー（土地の人は
エドガル・アラン・ポエと発音する）通り二十三番地の
かつて住んでいた建物の辺りを訪れると
静かな佇まいの入口にあの頃の俺が立っている

そして二度目に住んだのは
メキシコ市を南北に貫通するインスルヘンテス《反逆者》大通りに沿った
ウンディード《沈下》公園脇の十四階のマンション

よく晴れた日には東方に
ポポカテペトルとイスタクシワトルの高峰が見える
その辺りを歩くと　そこにもあの頃の俺が
淋しい顔でいまの俺を待っている

二人の俺が再会して
ほろ苦い悲しみが行き交う

—ああ　やっぱり帰って来たね
巨大な田舎のようなこの大都市でも　心は漂うだけさ
あんた年の割には若く見えるじゃないか

—東京にいると　年甲斐もなく毎晩
若い女に恋をする夢を見るんだ
それで正気に返ろうとここへやって来たが
きみも相変わらず夢を追っているようだな

—ここは　昔　白い奴らに征服されて以来　仮面の国になった
ここで生きることは　仮面の海を泳ぐこと
心の触れ合いは難しい
あんたそのことはよく知っている筈じゃないか

—東京でも　人はみんな故郷を失いさ迷っているだけだと解っていながら
俺は何を求めたのだろう
きみも俺も　もとは同じ者なのだから
愚かさも相変わらずというわけさ

痛む心に愚かさを抱いて
今夜も俺の夢が
メキシコ市と東京の間を飛び交っている
そろそろ仮面の舞いを始めようか

Ⅱ

いちどなくしてしまった時間は

きみたちといっしょにその道を進んで行ったとき
たなびく雲の間から顔を出したのは殆ど満月だった
ぼくらは肩を組み反逆の歌を歌いながら歩き続けた
おのおのが心の中にひとりの少女の面影を忍ばせて

どこまでもどこまでも温帯日本の春の野原が続く夜
道ばたに咲いた花々の蕾が月の光にはじけて開いた
雲が行き　風が渡り　山や川も動いていた
花が舞い　金色と銀色の粉がとめどなく散った

夏が過ぎ秋が深まってぼくの内部を風が吹き抜けると
夕焼けの野原で薄《すすき》が揺れ　心にぎっしり詰まっていた
日本の風景が揺れた　憶えているだろうか
あのとき肩を並べて見上げた山の頂

それからぼくは大都市の古びたビルのオフィスで
社会に背を向けたまま　毎日リコピーの薬液に咽せた
そこから脱け出そうとして脱け出せないまま
息をひそめ　呪いの言葉を心に貯え続けた

そしてついに広大な海原を越えて行く時が来た
アマゾン河の上空へ来た時もうきみたちはいなかった
そこは木の葉が緑色のまま散るとすぐその後から
新緑の葉が生まれ出る濃密な世界

濃緑のなかに時おり黄や赤や紫などの花々が見え
わずかに季節の移り変わりを示していた
しばらくしてぼくは高地平原の都市へと移った
縦笛《ケーナ》の淡い音が湖面を渡り岸辺の木々に絡みつく所へ

水面の歪みに映る不能の月　段々畑のコカの葉に結ぶ雫
谷間に滴る湧水の汗　いちどなくしてしまった時間は
決して取り戻せないのだと自分を納得させてきた
　ぼくの
柔らかい核が　やり場のない鬱積に疼いている

行ってしまったきみたちへの挽歌

風のように　きみたちが
駆けぬけていったあとには
めくられたあとの頁のような
空白が残った

冬待つ淋しさの
落葉が舞う道に
ぽっかりと開いた
欠落の時間
やがて木枯しが
心を凍らせ

もはや初恋の女《ひと》の
面影もひからび
懐かしいもの　温もるものはない

ぼくの中の奥底を
覗きこめば　そこは
屍の散らばる焼け跡だ
目をそむけてはいけない
と引き戻され
行ってしまったきみたちを
追いかけることもできない
どうか戻ってきてほしい
と願っても　いまは
虚ろの時

はるか遠くから
きみたちのこだまが響いてくるから
耳を澄ませてごらん
と囁いているのはだれ
若かった頃の母のように
華やいで

積み重なった疲労から

積み重なった疲労から
立ち直るのだ
瞑想によって
脳のきしみによって
内界を歪みから
回復させるのだ
そして区切りとなる
その時には
安息の寝息を

聞きたいものだ
聴く心を持つ人たちよ
ねじれてしまった軸を
渾身の力を込めて
本来の垂直に戻す努力を
続けてほしい
いつの日か崩れてしまう
いつの日か溢れてしまう
ことは解っているとしても
「無意識」にとても近いところから
甦ってくる声を掬いとって
言葉として定着する
それが今やるべきことなのだ
奥底から湧きあがる苛立ち
この苛立ちこそ

俺しか持つことのできない
凶器だと信じ
裃《かみしも》を切り裂くために
狂気と憤怒の形相で
決起する俺に
血しぶきの祝福を与えてくれ
美しい娘たちの屍や
年老いてしまった精神たちを
キャタピラで轢きつぶし俺は
出陣する

それからというもの　ぼくらは

それからというもの　ぼくらは
もはや悠久を両腕のなかに
しっかりと抱きしめることができない

地球のどろどろした中核から
苛立ちが噴きあがる

平衡は失われてしまった
未来は約束されていると
大声が聞こえるけれど
もはやどこにも安息はない
教師たちのシュプレヒコールも
次第に生気を失い
世界が凋みはじめ
得体のしれない憤怒と
崩壊の予感だけが
秋風のように
あらゆる地上を吹きぬける

それからというものぼくらはもはや
愛する者を持つことができない

心の底のほうでこだまのように
ひびいている追憶
横たわっている骸
かつて愛を注ぐ対象であった者の影
あの日ヒロシマの川を
ただれた皮膚につつまれて
さかのぼっていった者たちのように
すべてがよろめきやがて崩れてしまう

死に絶えた砂漠に　官僚機構の
がっしりした骨組みだけが
突っ立っている　もはや
統治すべきなにものも
存在しないというのに

水底ではばたく白い鶏

無意識の底から
浮かびあがってくる
映像　それは
どこまでも
たなびいていく霧や
地を這う夢
それはどこでもない
場所

うす暗く希薄な水底で
はばたく白い鶏
まっ赤な鶏冠が
ぷるぷる
震えて

ムラータ*が
大きな腰を
ゆする

うしろから見ている
ぼくは
抑えきれず
下から天を突き刺すが
あまりにも手応えのない
広漠とした夜
凋む朝顔

夜が
行ってしまうまえに
確かな大地を
捉えたいのに
ぼくの世界は

漂うものばかり

＊　ムラータ―白人と黒人の混血女性。

たちこめる霧のように

たちこめる霧のように
るいるいと横たわる影たち
苛立つ鐘の乱打
かき消されそうな
笛の音が聞こえる
影たちはむっくり
起きあがるが
世界の脳髄がずきずき
疲れているので
すぐに蹲ってしまう

霧のなかの風の停滞
額の奥の病んでいる蒼海
漆黒の夜のなかに
きらりと光る恐怖の刃
波に蝕まれる断崖
いつだってイメージは
豊穣な収穫とはならない

いま年の初めにさえ
崩壊は進行する
世界が一隅から
崩れはじめたのは
いつだったか
この青い惑星は
消滅するだろう
皮を引きずり
影たちが漂う

足場のない宇宙

不安が
拠りどころだから
足を踏みしめるための
大地はいらない
書きつづけることだけが
不安を生かし
育てる手立てだ
不安と戦うな
不安になじめと
奥底の方からかすかに
呼びかけてくる
こだまのようなもの

白い封書の群れ

羽毛のように
空を浮遊する
白い封書の群れ
上空二、三百メートルを
ふわふわ舞うばかりで
宛先はくっきりと
読みとれるのに
決して手許まで
下りてこない

追いかけ　追いかけ
追いくたびれて
路上に横たわれば
夢うつつの空から

封書たちは
焼夷弾となって
降る

燃えあがるぼくの世界
幼時の記憶が
いっしゅん輝いて消え
あとはいちめん
焼跡

そして
夜ごと苛立ちを埋葬する
この異郷へは
待っても　待っても
「現在」の手紙は届かず
「過去」からの放送だけが
雑音のなかでかすかに
地に落ちた神の
声を発信している

夜のうた

1　白夜

おぼろな
夢の小屋のなかで
鶏たちがけたたましく
乱舞する
羽毛が
霧となって
世界を覆い
漂い
地を這う

どこまでも
どこまでも
淡い白夜

2　影

硝煙のなかで
ゆっくり
のけぞり倒れる
影たち
機関銃の
腹にひびく音は
世界の脳髄を脅かす
苛立ちだ

3　漆黒

苛立ちのなかから
詩が生まれ
真夜中のまっ赤な花が
濡れている
盲目の鶏が
濃密な匂いに誘われて
花芯をついばみ
漆黒の海を
恍惚の稲妻が走る

あの頃ともだちがいた

あの頃ともだちがいた
焼跡の蛇口から水が勢いよくほとばしり
俺たちは信じていた
古いものはすべて壊され

これからなにもかも新たに創りだすのだと
それは錯覚だった
多くの建物は焼け落ち
多くの工場は破壊されたが
底に横たわる旧弊はしぶとく生き残った
見給え　無傷のままの王城を

そして
あの頃の気分だけを俺の心に残して
ともだちは行ってしまった
滅びたはずの者たちが次々と甦り
いつからだろう　人々から表情が消え
顔にこわばりが張りついてしまったのは

いま街は仮面の男たちでいっぱいだ
戦場で犯した女たちのことや
銃剣で突き刺した幼児のことなど
都合の悪い記憶はみな消してしまい
箪笥の底から軍服を引き出し
大仰な身振りで身につける老人たち
若者たちも仮面と軍服が大好きだ

首都には次々と高層ビルが建ち
古い法律が生き返り
ともだちは行ってしまった

すべてのしきたりとすべての因習を
すべての権力と権威を拒否し
この世を安寧に保つすべてのからくりを
突き崩そうと　俺と一緒に駆けたともだちよ
俺は立ちつくしている

Ⅲ

薄笑いの仮面
―メキシコ人であるきみたちへ―

探しに行くところにはいつだって
きみたちはいたためしがない
太陽のピラミッドの日陰にも
そこから月のピラミッドへとつづく
死者の道の乾ききった日向にも
きみたちは謎めいた微笑の気配だけをとどめて
決して姿を現さない

ひきつった忍び笑いが聞こえてくるとおぼしきあたりを
掘り起こしてみても
出てくるのは
空洞の目をした生真面目な仮面だけで
交感は不可能だ

白い棘がびっしりついたノパール*1の
増殖する不安を定着させるために
高地平原にまばらに立っている
灌木の中の一本のように俺は自立したい

きみたちが
母なるマリンチェ*2を許さないように
俺もおふくろを批判しつづけているので
内部の崩壊はとめどがない
それをかろうじて包みこみ
きみたちを探しまわる

昔　シベリアの原野を
東へ向かって共に駆けた記憶が埋もれている
干上がった川底を徘徊しつつ
ただ一度だけでもきみたちの素顔を見たいと
思いはじめたのはいつだったか

あれから永い時間が過ぎたのに
いまだに謎めいた微笑の仮面にさえ
出合うことができない

＊1　ノパール―サボテンの一種。食用に栽培もされる。草履のような形の茎が次々に増殖する。
＊2　マリンチェ―メキシコを征服したスペイン人、エルナン・コルテスの情婦となって仕えたインディオの女性。

あなたたちへ
―メキシコ人からのメッセージ―

かれらはわたしたちを征服したと言い
かれらの神と言葉をわたしたちに押しつけたが
わたしたちはかれらの神を信じる振りをしただけ
わたしたちの中味をかれらの器に入れただけだ
この五百年間振りをしつづけたので
あなたたちから見れば　かれらの神がかれらの言葉が
わたしたちの骨の髄まで魂の中の中まで
入り込んでしまったように見えるだろうが
わたしたちはあくまでも受け入れた振りをして欺き続けたのだ
わたしたちがいつも仮面を被りあるいは不可解な笑みを浮かべ

本心を明かさない嘘つきだとあなたたちは言うけれど
同じ言葉でいま欧米人があなたたちを非難しているではないか
あなたたちを「異質だ」と差別しているではないか
あなたたちは　わたしたち自身の身体のなかに
征服者であるかれらの血と被征服者である先住民の血が
混じり合って流れているのを意識しているかと問い質し
わたしたちのインフェリオリティ・コンプレックスを抉り出そうとするが
自分の顔立ちや肌の色は自分では選べない
たとえ姿形はかれらに似ていようとも　わたしたちは
キリストのように辱められ殺された誇り高いクアウテモック皇帝*の子孫なのだ
わたしたちは　自分を犯した者に屈服し仕えた母マリンチェを許さない
そして　母を犯した父そのものであるかれらを憎む
わたしたちがかれらを憎みながらかれらに憧れているとあなたたちは考え
その見方がわたしたちの痛いところを突いていると思い
わたしたちを見下しているね
わたしたちは知っている　あなたたちがわたしたちを嫌っていることを
そうだ　わたしたちのなかにあなたたち自身が見えるから
わたしたちを嫌うのではないか
あなたたちが持っているわたしたちへの差別意識

と
その裏返しの欧米人への劣等感こそ醜いのに
あなたたちはそれを直視しない
わたしたちはあなたたちのように脱亜入欧などと
自らの伝統や美を蔑み　すすんでかれらの文化の
なかに
浸り込んでしまうようなことはしなかった
わたしたちが五百年もの間拒みつづけたものを
あなたたちは自らすすんで受け入れ
わたしたちが身を捨てて守り続けてきたものを
葛藤の末とはいえ売り渡してしまったのではない
か
それでもなおあなたたちの手のなかに
あなたたちが誇り得る独自のものは何か残ってい
るか

＊　クアウテモック皇帝（一五〇二?～一五二五）―アステカ帝国最後の皇帝。スペイン人、エルナン・コルテスによって王座を追われ、拷問されて殺された。

群衆の中の安らぎ
―メキシコ市の地下鉄で―

いま地下鉄車両のプラスチック製の椅子にびっし
りと向かい合って座る混血のメキシコ人たちのな
かにいて　俺は安らいでいる　この安らぎはどこ
から来るのか　一ペソ五十センターボス（約二十
円）で十路線ある地下鉄のどこまででも乗れるこ
とで　幸せな気持になっているのか
今日と同じように地上ではハカランダの花が散り
はじめていた昨年の今頃　俺はこの都市の住人と
してメキシコ製シボレーのカトラスを操って　反
逆者大通りを南から北へ　或いは北から南へと走

り　南第六軸を東方のイスタパラパへ　南第五軸をイスタパラパから西方の反逆者大通りへと走った　街は薄笑いの仮面で溢れ　いつも　俺は苛立っていた

地下鉄一号線から三号線へと乗り継いで　ガンディー書店へと向かっている俺の中の海は凪いでいる　旅人である俺の近くへ物売りが乗ってきて口上を述べ　わずかな商いをして降りていく　こんどはギターを抱えた歌い手が現れて歌い　なにがしかの布施を得ると次の駅で降りる　車内の空気はいくぶん淀み　鋼鉄の壁やガラス窓には混血の体臭が染みついている　その臭いと褐色の雰囲気に包まれ　俺はますます安らぎ眠くなる

「掏摸に気をつけろ」朦朧とした意識を内部の声が刺激する　はっと目覚めて見まわすと　周りにいるのは　穏やかな顔の混血の　男　女　そして怪訝そうにこちらを見つめる子供の目……

目の列・灯の川

メキシコ市内革命大通りの
死者の崖駅前から南東方向の
はるかはるか彼方　チアパス州オコシンゴで
一九九四年一月一日に蜂起した
サパティスタ[*1]民族解放軍（ＥＺＬＮ）
黒い頭巾のなかから青い目で見つめる
副司令官マルコスに率いられ
銃を持って立ち上がった先住民

「人間」を返せ

産むためだけの「性」でなく
楽しむ「性」を返せ[*2]

頭巾のなかでふたつの目だけが光る
見えない顔・顔・顔の群れ
メキシコの南東部チアパス州から
首都メキシコ市へと続く
目と銃剣の列
いく筋もの灯の川

中央広場を囲む連邦区庁　カテドラル
大統領府　その奥まった暗い部屋で
弾圧と懐柔の策を練る
頭・頭・頭……
濁った目・目・目……
光る目の列を押し戻す包囲網

先住民よ　メキシコ市へ来るな
地方にうずくまっていろ　いつまでも

「血のつながる先住民を差別することで
メキシコ人は自らを差別しているのだ[*3]」と
告発するメキシコの知識人たちがいる

そして混じり気のない先住民の血が
灯の川を逆流し混血の首都へ潜入して
褐色の肌のなかへ徐々に浸透する
地下鉄車両のプラスチックの椅子でまどろむ者たちの
屈折した心のなかへ侵入する

＊1　サパティスタ─革命家エミリアーノ・サパータ（一八八三～一九一九）の理念「土地は耕す者のもの」を継承する者たち。
＊2　楽しむ「性」を返せ─先住民支援活動を続けている

メキシコの女優オフェリア・メディーナの発言「サパティスタのような革命運動は、エロスのためにある。飢餓と苦悩にさいなまれた貧困層は体力がなく、ただ子どもを産むだけで、性を楽しむことを知らない。万人平等の社会を築く変革は、人生や性を楽しむ権利を万人に与えること。日本の皆さんに、メキシコの真相とサパティスタの存在を知ってほしい」（一九九九年八月三十日付神戸新聞）にもとづく。

＊3　「血のつながる先住民を差別することで、メキシコ人は自らを差別しているのだ」―メキシコの女性作家・ジャーナリスト、エレナ・ポニアトウスカの発言（一九九九年八月三十一日付神戸新聞）。

黒い傷

モハメッド・アリが震える手で
聖火台に点火した
あのアトランタ市が属するジョージア州で
一九九三年から一九九六年までに
十九人の黒人が白人殺害のかどで
電気椅子に座らされた
白人が黒人を殺しても
死刑にはならないのに[*1]……

グアテマラでは
少女を犯したメスティーソ[*2]の青年が
銃殺刑に処され
沖縄で強姦した三人の黒人兵は
五、六年の懲役刑となった
（差別の心を
寛大の法服で包む
日本のエリートたちの
のっぺりした顔）

黒いヒーローたちが

世界記録を次々と更新した
アトランタの祭典
その町で
今日も電気椅子に焼かれる
黒人死刑囚

南ア共和国では
アパルトヘイト撤廃運動の
黒人指導者たちを拷問して殺した
白人警官たちが
免責と引き替えに
真相を告白するという
陰に隠れた命令者が暴かれ
復讐されるまでは
癒えない黒い傷

黒い呻き　黒い叫びが
聞こえる

＊1　この詩の第一行から第八行までは、メキシコの日刊新聞「ウノ・マス・ウノ」の一九九六年七月二十四日付記事に、国際アムネスティの発表として報道されたところにもとづく。
＊2　メスティーソ—白人とインディオとの混血。

犬が見る夢

公園の片隅で
目やにをためた野良犬がいっぴき
子供たちに取り囲まれている

やさしい顔のリーダーが
独り言のように呟く
—こいつ野良犬のくせに

人間様に吠える
—舌をひっこ抜いてやろう
と子分たちが声をそろえる

反抗的な目が気にいらねえ
とリーダー
—刳りぬいてえ!
とチャーミングな女の子が叫ぶ

声も目も奪われた犬の呻きに
痺れた別の女の子の絶叫
—去勢してえええ!

一物が切り取られると
子供たちの間に
恍惚が染みわたっていく
なにもかも奪われてしまった犬は

絶望のなかでじっと立ちつくす

ずいぶん永い間のように思えたが
実際には一、二分のことだったかも知れない
ついに耐えきれず崩れ落ちる
薄れていく意識のなかで
野良犬は夢を見る
鼻面　陰茎　乳房など
人間どもの
ありとあらゆる出ばったものを
噛み切りつづける夢を

紙を食べる

昼間は能面の顔で
しもじもを親切にあしらっていた者たちが

いま煌々と輝く官庁ビルの
光がとどかない書庫の暗がりで
蒼白なねずみの顔になって
いっしんに紙を食べている

情報公開法が施行されるまえに
すべての紙を
食べつくしてしまわなければならない
しもじもを
欺きつづけてきたのだから
最後まで
欺きとおさなければならない
会議のメモ
食糧費の明細
盗聴の記録
採用試験の採点された答案等々
すべて食べつくすのだ

ほら今夜も
輝くビルのほうから
かすかに
かさこそ　べりべり
紙を食べる音が聞こえる
このごろ
下水は
黒いインキの色に
染まっているそうだ

花

白人が黒人を殺しても死刑にはならないのに
黒人が白人を殺せば必ず電気椅子に座らされると
　いう

その国のこととあわせて
こんなにも美しい花を
くろく塗りつぶせという日本の税関について
ぼくは考える

浮世絵に描かれたいのちの花を塗りつぶすことが
自らの文化と誇りをいかに踏みにじることなのか
気にとめようともせずに
しもじもは安月給で夜遅くまでまじめに励めよ
色事などに手を出すでないぞ
われわれエリートだけの特権でよいのだと
思っているお役人《カミ》について考える

ワイセツとはなにか
没収したビデオを
ひそかに見てはたのしむ人たちこそ
ことあるごとにワイロを要求する
どこかの国の警察官と同じように
ワイセツなのだと考える

日本中の都市と村と山野にひっそり咲く花々のよ
うに
かけがえのない憲法第九条まで
塗りつぶそうとしている
人たちについて考える

星がひとつ落ちると

星がひとつ落ちると
人がひとり死ぬといわれているが
ぼくはそうは思わない

人がひとり死ぬと

空には星がひとつ生まれるのだ
或る場所で何かが失われると
それは別のどこかで生まれ変わる筈だから

では子供がひとり生まれると
星がひとつなくなるのだろうか
子供は子宮の夜から外へ出るまえに
星をひとつ食べてしまうのだろうか

確かなのは
マルセーロ・カリャウー*のあの絵のなかの
七人の子供とその両親が
九つの星を食べて消化したということだ

だから彼らの足元の大地は
あんなに美しく輝いているのだ
(かぐや姫が竹から生まれたときのように)

そして彼らの影は
存在の重さのように暗いのだ

* マルセーロ・カリャウー(一九四六〜二〇〇四)—ボリビア国サンタクルス市に生まれ育ち、国際的にも活躍した画家・彫刻家。

詩集『女乗りの自転車と黒い診察鞄』(二〇一二年)全篇

I　母・遠い情景

遠い情景

ひとりで寝ていた狭い部屋での目覚めの心象が
今も心の薄暗い空間に残っているのだが
ぼくを呼び起こし泣いていたのは
腹違いの姉　ぼくは三歳だった

廊下から座敷へ顔を差し入れた瞬間
パッと光った　そして
葬式の祭壇の写真に
横から覗いているぼくの顔が写っている

(あの写真はどこへ行ってしまったのだろう)

庭でぼくが木の馬にまたがり
小さな星形の徽章のついた軍帽を被り
左手に軍刀を握って右手で敬礼している写真
(これは今も手許に残っている)

玄関から上がってきた父が
ぼくの目の前に大きな紙箱を置いた
開けると中に軍刀
目を見張るぼくがいる……

祭壇が取り払われた後の座敷に
母とぼくと弟と
誰だか思い出せない小母さんがひとり
卓袱台を囲んでいる

「明日からここには住めなくなるのよ」
と母が言う
(これがぼくの母についての最初の記憶だ)

母の赤いほっぺた

冬になるといつも
母のほっぺたは赤みを増したが
戦争に負けた年には
とくに鮮やかに輝いた

あの冬は人々の心の中まで
冷えきっていたのであんなに寒く感じたのか
横浜郊外の半農村地帯でも
雪がたくさん降った

そして夜中に迎えが来ると母は寒風の中へ
女乗りの自転車で乗り出していった
荷台に黒い革の診察鞄をくくりつけ
陣痛に耐えて待っている妊婦のいる家へ

迎えが来るのはたいてい夜中で
出かける前に母はかならず満潮の時刻を調べた
小学生だったおれと弟は
布団の中にうずくまって

母がいなくなった後に残るだろう
空虚を抱きしめながら
「早く帰ってきて」と
まじないのように語りかけた

夜が白々と明けはじめるころ
背後に産声の余韻を漂わせ

八王子街道をわが家目指してまっしぐらに漕いでくる
真っ赤なほっぺたの母をおれは夢の中で見ていた

コスモスの野にうずくまる姉

石造りの教会の外壁一面に蔦が這っていて
上の方のステンドグラスから入る光で
中はほのかに明るい

その教会の裏庭へひょいと
出ただけのはずだったのに
別の世界へ来てしまったようだ

見渡すかぎり一面にコスモスが咲き乱れ
真ん中に立っておれは
姉と並んで写真に写された蓮華畑を思い出している

姉が　幼いころ育てられたという
横浜市郊外にある横須賀線の線路脇の土手で
摘んだ野の花を見ている

「大人はいやらしい」と
従姉のユキちゃんと話している姉の
白い脚

小学二年生だったおれには
なぜか分かっていた　姉の手の中の花が
女の性器にそっくりなことが

コスモスの野に風が停滞して
そこに姉がうずくまっているのをおれは

少し離れて見ている
いつまで経っても
姉は
顔を上げない

遠くの方にいる母は
華やいだ笑顔で
こちらを見ていて

おれから投げる
言葉が声が
蝶となって飛んでいる

母も姉も

母は葦簀《よしず》張りの海の家に座って沖を見ていた
ぼくはひとり凪いだ海の水平線目指して泳いだ
海辺が遠くなり　海水は塩辛さと蒼さを増した

遠ざかることに恐怖はなかった
母が笑顔でぼくの方を眺めているのを知っていた
から

（まだ東京湾もきれいだった）

姉が熱に浮かされた夢の中で　ぼくは泳ぎが上手
だから
後から泳いでおいでと言い残して
あの世の岸辺へと渡って行ったのは

それから数年後のことだった

母も逝った　ぼくと弟を生き甲斐に
陣痛に耐える妊婦と生まれてくる赤子のために
昼も夜も働きつづけた後
罪を償おうとするかのように

（償わなければならないのはぼくの方だ）

母も姉もあの世で平穏に暮らしていると
夢の中で伝えてくれる人がいるが
ぼくにはどうしてもふたりの顔が見えない

母よ　ふるさとへ帰ろう

母は潮風に吹かれながら
はるか水平線の彼方を見ている

朝涼しいうちに家を出て
上星川駅から相鉄線に乗り
天王町で降りて　始発停留所洪福寺から
市電でやって来た終点間門《まかど》

そこから東京湾に面した浜辺はすぐ近くだ
昼間はいつも往診に出ていて
会えない母が　今日は
ぼくらを海水浴に連れてきて

葦簀張りの海の家の高床に座り
潮の香りに浸りながら
遠い目で海の彼方を見ている

あのころからすでに母は

ぼくがいずれ太平洋を越えた異郷へ
出かけていくことを予感していたのか
亜熱帯の内陸の町サンタ・クルス・デ・ラ・シエ
　ラや
大西洋に面した熱帯の都市リオデジャネイロでも
苦しい思いをすることを予知していたのか
（大西洋は潮の香りが薄いんだよ　母さん）

そして　なるかも知れなかった異郷の土とはなら
　ずに
あなたの息子は帰ってきた

相鉄線沿線　帷子川《かたびらがわ》のほとり
川島町の森の墓地から　あなたとともに
ふるさとの四季を見るために帰ってきた

市電は廃線となり　間門の海も
埋め立てられてしまったから　母さん
上星川の記憶の底に浮ぶわが家へいっしょに帰ろ
　う

明日からまたあなたは
女乗りの自転車に診察鞄をくくりつけて
新しい命を迎えに出かけていくのだ

母の死

（そして
現人神の声
―耐えがたきを耐え
　忍びがたきを忍び―
進駐軍がやって来た）

横浜市郊外の農村を昼も夜も
生まれてくる命のために
あなたは女乗りの自転車を漕いで駆けまわり
若死にさせた娘に詫びながら
おれと弟のために働きつづけ　倒れた

直感したのだ　おれは
あなたは逝ってしまうと
校庭の土手を駆け登ろうとして
滑ったとき
おれの背中を衝撃のように
予感が走った

前夜あなたが
心臓発作で倒れたとき
十九歳だったおれは何をした?

救急車を呼ぶこともせず
近所の医院へ走った……
（あの藪医者め！）

そして翌朝
親戚の者に後を託して
おれは大学へ行き　授業を受け

「母よ　おれがあなたを死なせた」

横浜保土ヶ谷警察署少年係
マキノと名乗った刑事よ
あんたと警察という組織も
母を早死にさせた共犯者だ
おれが高校二年生だったとき
あんたはわが家へ押しかけてきて
「おまえはミンセーに入っているだろう」とおれ

を追及した
真面目な優等生だとばかり思っていた長男のおれが
アカになってしまったと母は
もともと弱かった心臓にショックを受けた

ただひとつ嬉しかった思い出は
あなたが八王子街道の坂道を
自転車に乗って下りてくるのに
ちょうど出合って　おれが
大学合格を告げたとき
あなたは赤いほっぺたを
いっそう赤くして
喜んでくれた
ただあれだけだ

黄泉からの帰宅

起きようとして
布団の温もりから
抜け出せないでいる冬の朝
「へい、ただあいま」
母よ、帰ってきたあなたの声がする
いつも「へい」なのだ

「生まれそうです、お願いしまあす」
玄関の戸をどんどんと叩く音に
起き出したあなたが
新聞で満潮の時刻を調べてから
「引き潮だから、まだだね」と
冷えた部屋の中に
ぽっかり空虚を残して

月光が凍てつく夜の中へ
出かけて行ったのは昨夜

弟とふたりだけの少年の眠りは頼りなく
浅い夢の中でおれは
摑めそうで摑みきれないものを追いつづけた
ようやく辿り着いた安堵の中で
声のこだまを遠くに聞きながら
もう一度だるい眠りへ引き込まれる

目覚め前のおれの夢の中へ
いつもあなたは帰ってくる
「へい、ただあいま」と
相変わらず五十五歳のままの
笑顔を振り撒きながら

あなたを迎える安らぎの朝を重ねて
もうあなたより二十年以上も
長く生きてしまった

盂蘭盆

1

お盆の休暇であの世から一時帰宅したのだと
その人は言いました
母の消息が気になって尋ねてみました
「ああ　たしかにそんな人に会ったことがある」
とのことなので

いろいろ訊いてみたのですが
あの世で母があのころのわたしのことをいまだに
　嘆いて

泣きつづけているのか　それとも
もう心の整理がついて穏やかに暮らしているのか
いまひとつはっきりしないのです

—だから　母さん　おれは大学の
ロシア語科も中国語科も選ばなかった
あれ以上あなたを悲しませたくなかったから
そしてあなたはおれの中にしこりを残したまま
突然逝ってしまった—

母の笑顔が
夢の中の青空に
浮かんでいます

母は助産婦なので
女乗りの自転車を漕いで
シャガールの絵の空飛ぶ男女を追っていきます

荷台に結わえつけた黒い革の診察鞄は
もう大分くたびれています

2

死者たちが馬に乗ってこちらに近づいてきます
夕日を背にしているので顔は陰っていますが
六十数年前に病死した父や
敗戦の翌年に栄養不足で急死した姉もいます

母の姿が見当りません
五十回忌だというのに
空飛ぶ若い女性の出産が間近なので
今年は帰ってこられないのでしょうか
それに今　あの世はベビーブームとのことなので
休暇どころではないのでしょうか

3

茄子や胡瓜の馬に乗って帰ってくる愛しい死者たちを
わたしたちはかがり火を焚いておごそかに迎え
もてなしてあの世へ送り返しますが
この世からあの世へ遊びに行けるときが
やがて来るはずだから向こうで待っていますと
その人は言います

きっといつか
そういうときが来るでしょうが
とりあえず来年のお盆にはまた
こちらへお出で下さいと
わたしは答えます

Ⅱ　花・ふるさと

花・もうひとつの顔

もしもぼくが蝶の舌を持っていたなら
もっと深く深く入って
あなたの愛を吸いつくしただろうに

ぼくの舌は短くて平たいから
花びらたちをていねいに嘗め
もどかしく花心のあたりを這いまわるだけだ

もう少しというところで
遠ざかってしまう詩の女神よ　それでも
ぼくの閉じた目の中に崇高なものが見えてくる

それは絶え間なく変身する雲のようだ
山並みとなり　夢となり　大洋を渡る蝶の群れ
愛し合うふたつの裸体となり

少年のように引き締まった肢体の狭間にある花に
鼻と口を限りなく近づけてぼくは
ふるさとのように懐かしい湿った匂いをゆっくり
　と吸い込む

「これはわたしのもうひとつの顔」と
あなたはつぶやき解き放される
あなたは母?

このぼくの舌で　味わいつくしているようで
はるかな乳房のように　いつも
遠くありつづけるものよ

花に顔を

初老の男が
花に顔を埋めている
ひそかに花びらを掻き分け
花蕊に舌を這わせ
いのちの精気を吸い取る

(饐えたチーズのかすかな匂い)

花は若い女神に咲いている
硬かった蕾が　言葉と
唇と舌にうながされて綻び
いま蜜に溢れて香る

愛されるとき

花は収縮し　雄蕊が震え
腰から背骨を
戦慄が駆け抜ける

（懐かしい夜の腋臭）

男はひととき顔を離し
ふくよかな花びらの重なりに見とれる
讃美の言葉に
花は恥じらい

閉じた股間で
太陽となって輝き
もどかしい魚たちが
下腹の海で乱舞する

（馬小屋の枯草の匂い）

解き放され
広がりゆくものよ
いまはひととき
しがらみを捨てて
やすらぎの地に漂う

花を吸う

想いのままにはげしく
顔を埋めてはならない
花はこわれやすいから
舌先でかすかに　かすかに
花心に触れる

花の蜜は甘いと思っていたのに

妙に持て余す味で匂いも粘っこく
幼かったころの記憶のように心の底にこびりつき
もう決して消えることはないだろう
（いつも遠くできらめいている母の笑顔）

花の震えを感じとれずに男は
しらけてしまう
花よ　女神よ
水底で揺れる弓張月よ
花粉にまみれている自分の鼻を想像して苦笑する

夢の中でだけ成就する恋
締めつけられる快感のないまま
おぼろな闇をさまよいつつ
花の中で果てる

（いつも遠くでまたたいている明け方の星たち）

懐かしい母乳の匂いに包まれた場所からは
遠いところへ来てしまっていて
もう後戻りはできない
花に出合うまでの不安に揺らぐ旅は頼りなく長かった

今ようやくたどり着いたのに
吸っても　吸っても
充足は得られずに
もどかしさが募るばかりだ

（いつも遠くで鳴っている空襲警報）

明日の朝になれば
別の花を求めて男はまた

旅立たなければならない

両脚の間を川が流れ

ショートパンツからすらりと伸びた白い脚に魅せ
られ
斜向かいの席に座って男は　自然体を装いつつ観
ている
膝のあたりは少し開き気味で
靴の先はやや外側を向いている
走る電車の音を聞いていると
いつの間にか男は夢の世界へ誘われる
見事に揃えて置かれたふたつの白い岸辺の間を川
が流れ
清らかなせせらぎの音が聞こえてくる
男は透明な流れの底へ潜ってゆき　鮎のように
石ころに生えた藻をつついて食べる
—頬すり寄せて儚い体を抱きしめたとき花の甘い
匂いがした—
かすかに揺れながら立っている紅色の水中花
死者の日[*1]のパックアロ湖[*2]で蝶の群のようにたくさ
んの漁網が開く
夕焼けに映えて真っ白な乱舞の中を舟は行き
生きていてよかったね　生まれてきてよかったね
と
島の多彩な花々で飾られ賑わう墓地でふたりはさ

さやき合った
まどろみからわれに返り　日本の電車の走行に揺
　られて
美しい両脚の間を流れる大河に身を委ねる
間もなく終着駅だ
脚たちが立ち上がり　歩き出す

＊1　死者の日―十一月二日、毎年この日にメキシコ各地で人々は墓地を訪れ、死者たちとともに一夜を過す。これは約三千年の歴史を持つ行事で、元来八月に行われていたが、十六世紀にスペイン人に征服されて後は、カトリックの「すべての聖人の日」と混淆して現在の形になった。
＊2　パツクアロ湖―メキシコ州ミチョアカン州にある湖。

夏の記憶

〈一歳または二歳〉

大きな父が胸まで水に浸かって
じゃぶじゃぶ池の中へ入っていくのを
幼いおれがじっと見ていた
きっと釣針がどこかに引っかかって
それを外しに行ったのだ

〈三歳〉

あとになって
父の位牌を見て分かったのだが
あれも八月のことだった

肩をゆすられて目覚めると
腹違いの姉が
上からおれを見ていて　何か言った
きっと　父の死を知らせたのだ

廊下から座敷へ入ろうとしたら
パッと光って目が眩んだ
右手に祭壇があり
左手の縁側には
写真機を構えた男の人がいた

でき上がった祭壇の写真には
横から覗いている
おれの顔が写っていた
（あの写真はどこへいったか）

（母は旧姓に戻り
加納豊も
細野豊になった）

居間で　母とおれと弟　それに
知らない小母さんがひとり
卓袱台を囲んで座っている
—間もなくこの部屋も座敷も他所の家になって
うちは六畳と三畳だけに住むんだよ—
と母が言う

ふるさと

涼しい早瀬の音と時たま遠くに相鉄線の
警笛だけが聞こえる人気のない帷子川で
鮠《はや》や鯎《うごい》や義蜂《げばち》*を釣っていた少年のころ

おれにはふるさとなんかなかった

川島国民学校からの帰途緑の木陰で
Ｐ51艦載機のおれを狙っているような
機銃掃射に怯えながら
そおっと空を見上げたあのころにも

夜中迎えの人にたたき起こされた母が
「引き潮だからまだ生まれないね」と
女乗りの自転車に黒革の鞄くくりつけて
上星川のわが家から出かけて行ったときにも

真夏の湿気にうだりながら
池の谷戸の木立の濃緑をどうしても
美しいと思えないと悩んでいた青春のころにも
おれにはふるさとなんかなかった

あれから瞬く間に多くの年月が過ぎて
古希をむかえた今
おれは心の中の薄明るく深いところに
失われた川の匂いのふるさとを抱えている

＊　鯎《うごい》や義蜂《げばち》―作者の故郷、横浜市郊外の保土ヶ谷区上星川町あたりでは、「うぐい」を「うごい」、「ぎばち」を「げばち」と呼んだ。

八月の海辺

「むかし　ふるさとがあった」と
母が沖を見つめながら呟いています
もう人々には帰るべきところがないので
いつまでもこの葦簀張りの海の家に
座りつづけるのでしょうか

秋の気配が始まる八月のお盆に
人々がふるさとの家で死者たちを迎えたあのころ
緑の林のなかを郊外電車が走り
車輪がカタン　カタンと
線路のつなぎ目で鳴りました

ふるさとさえあれば漂わなくてもよいのに
いまでは人々の心から消えてしまいました

浜辺で色とりどりの声をあげる
華やかな若者たちはいつか気づくでしょうか
かつてふるさとというものがあったことに

明日の明け方　果てしない旅に出ようと
老人になりそこねた息子が母を誘っています

仏向町《ぶっこうちょう》

急かされていたので
ホームに停まっていた電車に
行き先も確かめずに飛び乗った

選択の余地はなかった
駅の地下道はそこから先
木の塀でふさがれていたから
右手の階段をのぼるしかなかった
そこに電車が停まっていたのだ

暗い車内を見まわすと
ぼおっとうす明るいところに
見覚えのある懐かしい人の顔が
（まさかこんなところで会うはずはないのに）

見えた

おれは気づかぬ振りをして
ドアの側にその人に背を向けて立つ
電車は闇のなかを突っ走る
向かい側のドアの上で鈍く光る電光板や
そのあたりなどを見渡すが
どこにも行き先は書いてない

いつの間にかおれは
夜の　舗装されていない十字路で
通りがかりの女の人に尋ねている
—ふるさとに近い仏向町へ帰りたいんですが
道がわからなくなってしまって……
—ほら　次の角を左に曲がったところの
昭和十九年にできた掲示板を見ればわかるわよ

仏向町は？
とまっ暗な平面に目をこらすと
見知らぬ土地の
神社の深い森で
ふくろうが鳴いている

お花畑を滑るように
—自分本位な父親の歌—

ときどきおまえは
おれの夢の中へやって来る
おまえのことを
さほど気にしているというわけではないのに
眉毛が落ちた土気色の顔は消えてしまい
あのころのようにすっきりした笑顔の
おまえなのだ

弱い奴は死ねばいいのだと
おれが言ったためにひどく傷ついたおまえが
おれを恨んでいることは知っているが
夢の中でおれは　ああ　おまえ
治ってよかったと幸せな気持ちになっている

抜けるように青い空の下
咲き乱れるお花畑の中を
おまえは滑るようにやって来る
―ここはあの世なのかと
いぶかるおれに
―お父さん　心配いらないよと
おまえはとても素直でおおらかだ

ついに和解することなく
おれかおまえのどちらかが
先に旅立ってしまうのではないかと危惧していたが
それも杞憂だと分かった
酒は一滴も飲まなかったおまえが
どこからかチリの赤ワインなど持ちだしてきて
―一杯やろうよ　なんて
あり得ないことだから
やはりこれは夢の中か

醒め際の朝風に乗って
住民たちの静かな生活を壊すなと
地域再開発計画反対の先頭に立っている
おまえの噂が聞こえてくる
（これは夢じゃない）
父親そっくりだ
血は争えないと
嘲笑っている奴らの声も

Ⅲ　中南米・はるかな空

空席

寡黙な青年だった
サンタクルス[*1]の町はずれで
おれの左隣へ乗ってきた
そこからサンファン移住地[*2]へ
着くまでの一時間半余り
ひとことも言葉を交さなかった

なぜ彼は乗ってきたのか
ふたりほどいた同乗者の知合いだったのか

移住地の事務所で打合せをしていたとき
ヤパカニ河[*3]で釣りをしていた若者が
溺れて死んだとの連絡が入った

あの青年だとは思わなかったが
彼だった
アマゾン河へと連なるその河の
濁流の中へ足を滑らせて
落ちたのか

帰りの車のおれの隣の席が
空いていた
所々アスファルトの剥げた道を走った
車窓から見る濃緑の樹林の中に
うす桃色のトボロチ[*4]の花が
咲いていた
往きの道で眺めたのと
同じ花が

＊1　サンタクルス―ボリビア国サンタクルス州の州都。正式名はサンタ・クルス・デ・ラ・シエラ。海抜約四〇〇メートルの亜熱帯に位置し、人口は百万人を超える。

＊2　サンフアン移住地―日本全土とほぼ同じ面積を持つサンタクルス州内にある日本人の集団移住地。戦後日本政府の政策に従って入植した移住者約八百名とその子弟たちが主として農業を営み、ボリビア経済の発展に貢献している。サンタクルス市からは、直線距離で約八〇キロメートル。

＊3　ヤパカニ河―アマゾン河の上流で、サンフアン移住地はこの河に隣接している。

＊4　トボロチ―双葉植物科の樹木で、幹の中央が樽のように太い。花はうす桃色で果実からは一種の綿が取れる。

灼熱のリオデジャネイロ

贅肉のない締まった肉体の一群の
リズミカルに振られる腰
少し突き出された尻が
くりくりまわる

男たちの目が吸いつき
サンバのリズムに乗って
いっしょにくらくら
まわりはじめる

灼熱の二月の汗を
したたらせながら
ああ　たまらねえ
男たちの腰が前後に揺れはじめる

黒や黒と白の混血の
肉体の躍動
いろいろな汗が入り混じって
ここリオデジャネイロのカーニバルに

黒いオルフェを狙う暗殺者を
闇の底に沈めて
命のリズムが高まってゆく
ああ　がまんできねえ

そのときひとつの歌が
ギターの伴奏とともに聞こえてくる

「哀しみのないサンバなんて
　酔えない酒と同じ

そんなサンバは心に響かない

哀しみのないサンバなんて
ただ美しいだけの女のようなもの*」

そして昂りが徐々に治まってゆき
喧騒も消えて　夜の静寂の中
路面電車の走る音だけが
街路の石畳に響いている

* 「　」内は、ブラジルの詩人・作詞家、ビニシウス・デ・モラエスの作詞によるギターの弾き語りの一節。映画「男と女」（一九六六年度カンヌ映画祭グランプリ）の中で使われた。

つかの間の

―ボリビア人画家、エクトル・ハウレギーに―

再会はあっけなく終る
友よ　これでいい
イパネマ*のホテルから見る海は
水平線で霞み

波が静かに岸辺へ打ちよせている

ピッツァ店での語らいと
広大な植物園の
高く直立した椰子の木々の間の散策のあと
友よ　ぼくは今またここから
飛び立とうとしている

きみはブラジルで有名になり
明後日が個展の初日だという
きみの絵の色彩は明るくなって
緑や赤の間に
あのころにはなかった喜びが
ほの見える

そう　ぼくらが
ボリビアのサンタクルス市に住んでいたあのころ
　から
友よ
きみは痩せていて
きみが描く絵は
宇宙の真実　生きることの残酷を見てしまった者
　の
暗さと悲しみを湛えていた

よくわが家でフィエスタをやったね
褐色の青年詩人ハミルケルや
金髪美人アスンタ・ペラルタの
詩の朗読
小太りのマルガリータ小母さんの
とてもきわどい小話《チステ》
そしてアイーダ夫人は
「アルフォンシーナと海」や「限りない愛」を歌
　い

カルメン・ビリャソンがハスキーな声で
チェ・ゲバラに捧げる歌を歌った
きみはいつも静かに聞いていたな

あれから多くの時間がまたたく間に過ぎ
イパネマでのつかの間の再会から間もなく
きみは向こうの世界へ逝ってしまった
ぼくの中にきみの絵の
ほのかな喜びの気配だけを残して

＊　イパネマ―ブラジル国リオデジャネイロ市の海岸の地名。

死者たちと睦み合う夜

1

花に包まれ
花に舐《ねぶ》られて
墓石は立っている
死者の日の
ハニッツィオ島[*1]の
色とりどりに華やぐ墓地で
先住民たちは墓石の前に
ご馳走を並べて座り夜を待つ

闇と蠟燭の灯の中で
体を脱ぎ捨てた者たちと睦み合う

（ここで死は穢れていない
ここで死はとてもとても親密なもの）

2

家々の祭壇には
骸骨の砂糖菓子が飾られ
夜の灯りに揺られて幽かに笑う

この世とあの世の間を
自在に行き来する
先住民たち

パックアロの街[*2]の
鄙びた石畳の道に
人影は見えず

舟で行く湖の空を
流星がひとすじ
尾を引いて消える

＊1　ハニッツィオ島―メキシコ国ミチョアカン州のパックアロ湖の中にある五つの島のひとつ。タラスコ族（プレペチャ族とも呼ばれる）が住む。
＊2　パックアロの街―パックアロ湖畔の町。市街は、タラスコ文化の影響が見られるコロニアル様式の建物から成っている。

アンデス高原に置き忘れたリュック

アンデス高原地帯にある
標高三八一五メートルの湖畔を走り抜けて
希薄な空気の中を長距離バスはラパス市へ向かっ

ている

黄泉の国から来たので
車内は薄明るく湖からの潮の匂いを孕み
男の乗客は異国からの闖入者であるおれだけで
黒い山高帽を被ったアイマラ*の女たちが
影絵のように　みんな赤子をひとりずつ
背負って座っている

ターミナルに着くころ　しらじらと夜が明け
燃焼したガソリンの芳香が鼻をくすぐる

ボリビアのラパス市に地下鉄はないはずなのに
おれは駅前広場を通り抜けて乗り場へ急ぐ
—メキシコシティと混同しているな—
それでもここはラパスの町なのだ

町外れの切り立った崖の縁にある
平屋の建物はカフェテリアで
ここでも赤子を背負ったアイマラの女たちが
俯いて朝食を食べている
だれもひとこともしゃべらない

（情景はモノクロの映画のようで
　崖下を見おろすと身が竦む）

おれも席に着きリュックを下ろしてコカ茶を飲み
だんだん気持ちが落ち着いていく
居眠りしたかと思う間もなく
日本のわが家の布団の中で目が覚め
あのカフェテリアにリュックを置き忘れたことに
　気づく

あの中にはパスポートや財布ばかりでなく

ただ一度かぎりの大切な記憶も入っているのだ
取りに引き返そうとするが
どうしても地下鉄の入口が分からず途方に暮れている

＊アイマラ―ボリビア、ペルーなどに住む先住民族で、ケチュアと並ぶ二大民族のひとつ。十一世紀ころケチュアの支配下に入り、居住地域はインカ帝国領となったが、その後スペイン人に征服されてからも独自の文化を守りつづけている。人口約三百万人。

できることなら象のように

できることなら象のように
密林の奥の
だれにも知られていないところへ行って
ひそかにおれの軀を横たえたい

でもおれは人間だから
それほど見事にはできないとしても
たとえばアンデス高地平原
ウユニ塩湖＊のほとりの
薄く照る太陽の下でただひとり
静かに息を引き取ることができるといい

遺骨が時間に曝され
すっかり肉が消えて
かつて目だった穴や背骨や肋骨に
びっしりと塩がつき
きゅるきゅる風に鳴るころ

ひとりの旅人が通りかかり
濃密な塩水の中へ
まるごと沈めてくれるといい

＊　ウユニ塩湖―アンデス高原ボリビア領内のチリとの国
境近くにある塩湖。

漂泊の空

たとえば　目崎徳衛著『漂泊　日本思想史の底流』
のように
おれは「漂泊」という言葉が好きで
もう一度生まれ変わることができたら　また日本
の男に生まれて
旅回りの役者になりたいとある友人に話したとこ
ろ
「今からでもなれるよ　紹介しよう」と言われ
今生ではいまだすることが山ほどあるので
残念ながらそういうわけにはいかないと断ったの
だが
もう話をつけてしまったからぜひともやりたまえ
と迫られ
女座長の剣劇一座に入る羽目になってしまった
七十歳を過ぎてからの役者修業は心身ともに疲れ
るが
幟をはためかせながら行くトラックでの旅はうら
悲しく
やっと本来のおれになれたと心は満ち足りている
あるときは助手席に乗り　あるときは荷台に揺ら
れて
流れ者の歌など口ずさみながら日本中の町や村を

巡り
目ぼしい場所に着くと小屋掛けして　清水次郎長
　荒神山の決闘や
金毘羅参りの帰途都鳥一家に騙し討ちされる森の
　石松あるいは
国定忠治の赤城山での子分たちとの別れなどを演
　じる
どういうわけかおれは女座長に目をかけられ　つ
　いこの間は
抜擢されて　森の石松の役を貰った
「馬鹿は死ななきゃ治らない」を地で行ってるわ
　けさ
そしてときにはアルゼンチン共和国中央部の

田舎町あたりまで一座は流れて行くのだ
そんなときにはホルヘ・ルイス・ボルヘスの短編
　『南部』を
おれが脚色して　行きずりの旅人ダールマンが無
　法者に絡まれ
決闘せざるを得なくなる場面を上演したりする
主役のダールマンを男装の女座長が演じ　おれは
　無法者の役だ
ところで　芝居の幕間におれが踊っている裸踊り
　が
最近観客たちの間で話題になっているそうだ。

未刊詩篇

怨恨

その兵隊は殴られて死んだ
上等兵に殴られて死んだ

川島上等兵はその兵隊を殴り倒し
むりやり立ち上がらせて殴り
倒れるとまた立ち上がらせて殴った
ついに兵隊はうつぶせて動かなくなり
死んだ

柵の外で
子供たちの目が光っていた
そのときのまま今も光りつづける

ぼくの目

その兵隊は黙って死んだ
怒りや恐怖や哀願を飲みこんだまま死んだ
何人の兵隊がこのようにして死んだか？

この死がただの喪失であってはならない
この世界は抑圧されて死んだ者たちの
魂でいっぱいだから

怨恨は晴らされなければならない
怨恨はこのままではいられない
少年のままのぼくの目が光りつづけている

蒼い目

蒼く　深く
透きとおる海のような
目の中へ　見者を
誘いこもうとする猫
その目の海の中で
解読困難な絵文字や
言葉の泡が
ダイバーや
魚たちの口から
湧きだし
海面へ向かって上昇する
泡は煌めく音声となり
荒波のうえを漂う鳥たちの
ざわめきや

砕ける波頭の
荒磯を侵す大音響と
ぶつかり合い
猫の目の奥底で
略奪と抵抗と殺戮が
絶え間なく
繰り返される
その目の深淵の
透きとおる迷宮で
エニグマが誘い
対峙する見者の
誇り高く
孤立する魂を
震わせる

ＭＲＩ

細長い寝台にベルトで括りつけられ
目の上に迫る丸天井に囲まれた穴の中へ吸い込まれていく

わが肉体が遂に焼却炉に吸い込まれるときは
こんな感じかと一瞬恐怖に似たものが過る

そういえば　部屋へ入ったあと　ダダーンと
重い音響かせて入口の金属扉が閉じられた

不吉な連想ばかりが狭い横穴の中を巡る
バダンバダン　ダダダダ　ダンダン

襲ってくるのは　途切れては繰り返され
神経を脅かす機材の音だけで

骨までしゃぶる灼熱はついに訪れず
辟易　苛々　癇癪袋が破れそうになったそのとき

はい　お疲れさま　寝台車は滑り出し
わが生身は元の浮世へ生還した

新緑を目に肌に浴びながら
母が逝ったときの情景を思い出す

高血圧と心臓病に侵されながら検査も受けず
働いて働いて倒れ　一昼夜昏睡のあと身罷った

寝るより楽は江戸にもない　五十五歳のまま
母はあの世でおおらかに微笑んでいる

描ききろうとして

描ききろうとして思ったとおりに書き表せなかった
あの何ともいえず郷愁にも似た奇妙な想いを
今ならしっかり書けるはずだと
白い紙に向かって座る

あれから溢れるほどの時間が過ぎたのに
今も無意識の深い川を泳ぐ魚のような
言葉の影は乏しくて
麗しく肉感的なプロポーションを
丁寧に緻密に描ききることなどできないから
ただ生きる姿勢だけを問おうなんて
確かに大切なのは真摯に生に立ち向かうことだが
積み重ねた互いの軌跡だって
ともに支え合いながら縺れ合いながら
歩んだように見えてはいても
深いところで通じ合い
響き合うことなどありはしなかったと
今さらながら白けている

愛しいのはどこか飯櫃で外れているもの
零れ落ちてしまうものなのだが
それを適確に掬い取って描くことの
難しさは身に染みて分かっていて

額の奥のある場所で蘇ろうとしながら
捉えようとして捉えきれず
始まりのときからすでに失われていたらしい
このうえなく掛け替えのないもの

エッセイ

絵画は空間的、詩は時間的である

Ⅰ　詩と絵画について

「詩と絵画について」という課題を抱えつつ、心の中を探ってみたところ、先ず思い出したのが一九六〇年代半ばにブラジルのサンパウロ市に滞在していた頃、そこの美術館で見た日系人マベ・マナブの絵と、同じ頃同市で開催されたビエンナーレ展で見た菅井汲の絵である。

マベ・マナブは、筆者の記憶に間違いがなければ、幼少の頃に日本からブラジルへ移住したとのことで、当時同地における新進気鋭の画家であったが、展示されていた絵がどんな絵であったか、油絵であったという以外は憶えていない。ただ鮮明に記憶しているのは、多くの絵に混じって展示されていたその絵を一目見たとき、その色調から「日本人の絵だ」と直感したことである。

菅井汲の絵については、会場の入り口から向かって突当りの壁に掛かっていたその抽象画に強い印象を受けたのを憶えている。サンパウロという、日本人移住者や日系人が多く住んでいるとはいえ、異国の地で日本人の絵を見た感慨であったのか。日本人でも日系人でもないブラジル人たちは、マベや菅井の絵をどう見たのだろうか。

ここで何が言いたいのかと言えば、絵画は形象と色彩或いは線画によって、言語を通さずに見る者の感性に直接訴えるということである。だから、人種、民族、言語等の違いは、殆ど絵画の内容を伝達するための障害にはならず、どんな人にも直接視覚に訴えて美を伝え、感動を与えることができるという意味で、詩よりも普遍性があると言えよう。絵画には国境がないという言い方もできよう。

詩は、それが書かれ或いは朗読される言語を解さない者には全く理解できないので、翻訳が必要である。そしてこの翻訳という作業が容易ではない。

スペイン語の詩を全く構造の異なる日本語に翻訳し

たり、或いはその逆をやっていて、いつも突き当たるのは「詩の翻訳は可能か」という疑問である。詩には、言葉によって示される「意味」と喚起される「イメージ」と表現される「リズム」という三つの要素があり、意味は文学的要素、イメージは絵画的要素、そしてリズムは音楽的要素である。これらのうち「意味」と「イメージ」は比較的容易に外国語に移し替えられるが、最も難しいのは「リズム」であろう。特に日本語の詩を全く構造の異なるヨーロッパの諸言語に翻訳する場合或いはその逆の場合、元の詩の持つリズムを移し替えることは至難の業である。

以上のことどもを踏まえたうえで、言葉によって詩となる前の「表現しようと欲求されるもの」と形象と色彩或いは線描によって絵画となる前の「描こうと欲求されるもの」が同一のものであるとすると、言葉などという厄介なものを使って詩など書かずに、絵画で表現したほうがよいということになりそうであるが、そうとは言えない。詩では表現できるが絵画ではできないもの、或いはその逆のものがある筈だからである。

それが何であるかは今後筆者自身が詩作や詩の翻訳を続けていく中で追求することとして、ここでは筆者が認識している絵画と詩の違いの一端を記して一応の締め括りとしておきたい。即ち、絵画は画面を見る者が瞬時に全体を見、そこに表現されている美やドラマを把握する空間的なものである。一方詩は読者が行を追って読みつつ逐次意味をイメージをリズムを把握していく時間的なものである。

II　絵に触発されて詩を書いた

ボリビアに住んだ約五年間（一九七四〜七九）、筆者は詩人よりも画家や彫刻家たちと親しく付き合った。日本の大学でスペイン語を専攻し、その後ボリビア等のスペイン語圏に住んで実地の訓練を積んだが、スペイン語の詩を読みこなすのは容易でなかった。絵画や彫刻は、言葉の介在なしにじかに鑑賞できたので、画家や彫刻家たちとより親しくなったということかも知れない。

そしてその頃鑑賞したこれら友人画家たちの絵に刺戟されていくつかの詩を書いたが、ここではそのうちの三つを紹介しつつ、それらの詩にまつわることどもを記述することによって、詩と絵画との関係についての考察をいくらかでも深めることができたらと思う。

1　赤と黒　―ロルヒオ・バーカの絵の前で―

スクレの近代美術館で
僕は彼に逢った
彼は絵であった
山であった
赤い色
あれは山肌から
あふれる血
イエス・キリストの胸
槍は斜めに天を指していた

高射砲
光の十字架
そうだった
一九四五年三月のあの夜
どこからも血は流れず
空と都市がただ赤く燃え
翌朝東京は壮大な墨絵であった
樹木　煙突　ビルディング　放送塔
建っているものはすべて黒く
人々は黒く焦げて
蟻のように
横たわっていた
その後
ひとりの日本の画家は
黒い絵を描く
すべてがただれた黒色だ
ここボリビアでは
絵から血が流れる

緑の山々から人間の歌が
赤い川となって流れでる

―詩集『悲しみの尽きるところから』(一九九三)―

スクレは、ボリビア国の憲法上の首都で最高裁判所がある(政府と国会がある行政、立法上の首都はラパスである)。海抜二七五〇メートルに位置し、人口は一三〇、九五二人(一九九七現在)である。この市の近代美術館を、当時サンタクルス市に住んでいて、そこに住むロルヒオ・バーカとも親しくしていた筆者が訪れたのは一九七〇年代の半ばであった。現在でもこの詩のモティーフとなった油絵は同じ場所に展示されている筈である。

ロルヒオ・バーカは、一九三〇年にサンタクルス市で生まれた画家で、一九一〇年のメキシコ革命を契機として同国で始まった壁画運動の影響を受けて、一九六〇年代以降仲間たちとともにサンタクルス市を初めボリビア国内の諸都市やペルー国のリマ市等国外においても、公園、公共建築物、銀行等に壁画を描いた。これらの壁画は、主としてボリビアの伝統的風俗や自由と独立を求める戦い等の反体制的主題を扱ったため、軍事政権により弾圧され、多くが破壊されたが、バーカの作品は難を免れた。彼は当初文学活動に携わり詩も書いていたが、その後文字を知らない人々にも直接伝達できる壁画へと移行した。油絵、セリグラフィー等も多数制作している。

2　星がひとつ落ちると

星がひとつ落ちると
人がひとり死ぬといわれているが
ぼくはそうは思わない

人がひとり死ぬと
空には星がひとつ生まれるのだ
或る場所で何かが失われると
それは別のどこかで生まれ変わる筈だから

では子供がひとり生まれると
星がひとつなくなるのだろうか
子供は子宮の夜から外へ出るまえに
星をひとつ食べてしまうのだろうか

確かなのは
マルセロ・カリャウーのあの絵のなかの
七人の子供とその両親が
九つの星を食べ消化したということだ

だから彼らの足元の大地は
あんなに美しく輝いているのだ
(かぐや姫が竹から生まれたときのように)

そして彼らの影は
存在の重さのように暗いのだ

—詩誌「そんじゅり」第二六号(二〇〇一)—

この詩は、サンタクルス市生まれで、同市在住の画家・彫刻家マルセロ・カリャウーの絵に触発されて書いたものである。本年七月に東京、神田の木ノ葉画廊で、彼とロルヒオ・バーカを含む「ボリビアの現代作家四人展」を開催した際に、その絵を出品するよう本人に勧めたところ、サンタクルス市の文化会館に預けておいたのだが、雨漏りにより破損して使いものにならなくなってしまったとのことで、まことに残念である。

マルセロ・カリャウーは一九四六年にサンタクルス市で生まれ、同市のビクトル・F・セラーノ芸術学校をはじめベルギー国ブリュッセルの国立ラ・カンブレ建築技術学院等で学び、同学院を「成績最優秀賞」を受けて卒業した。彼の絵画や彫刻作品は欧米諸国の蒐集家たちから大きな関心を持たれている。

3 熱帯雨林 —ふたたびカルメン・ビリャソンに—

グアプルーの実でいっぱいの
皿を両手にかかえ
密林《セルバ》のなかにひとり
立っている妖精
カルメン・ビリャソン!
びっしり繁った濃緑のなかに
トボロチが咲くとき　その花と
熟れたバナナの匂いに包まれて
ディープ・キスしようよ!
緑の葉が散ると
あとからすぐに
新緑の葉がざわざわ
生まれてくる。
そして　青い蛇が
おまえの足元から
股へとのぼる。
むせかえる湿気のなかで
あやしく笑う

カルメン・ビリャソン!
おまえの目は蒼い海となり
白い征服者たちを呑みこむ。
だから　カルメン・ビリャソン!
ディープ・キスして
おまえの闇から僕の闇へと
注いでくれ
インディオの呪力を!
この日本を操るあいつらを
滅ぼすために……。

—詩集『花狩人』(一九九六)—

筆者の家の食堂に一枚の油絵が掛かっている。この詩の題材となったカルメン・ビリャソンの自画像である。彼女はチェ・ゲバラが戦死した地として有名なサンタクルス州バリエグランデで生まれ、少女時代にサンタクルス市に移り住んだ。この絵の中の彼女は二十歳位だが、現在は五十歳位かと思われる。

この絵は、サンタクルスに住んでいた頃に、彼女から購入し、日本へ持ち帰ったものである。この絵の購入を申し入れたとき、彼女の顔も肌も白く塗られていたのだが、絵が筆者の手に渡されたとき、褐色に変わっていた。外見は白人のような彼女の中にインディオの血が流れているのだということを筆者に対して強調したかったのだろう。

この絵を見ていると、サンタクルス市で四十歳代の前半を過ごした、第二の青春とも言えるあの頃がほろ苦い思いとともに甦ってくる。この絵には未だ、その後人物と情景を独特の形と色彩で地方色豊かに描くようになった彼女の画風が現れていないが、その萌芽は見られると言えよう。

（「日本未来派」二〇四号、二〇〇一年）

映画は、時空の壁を越えて詩を運ぶ

「詩と映画」という題で、是非ともエッセイを書きたいと思ったのは、筆者の心の中に永い間に亘って、二つの映像（イメージ）と二つのテレビドラマの記憶が生きつづけているからであった。映像の一つは、筆者が東京外国語大学の学生だった一九五六、七年頃に大学から近い巣鴨の三本立映画館で偶然に見た、ルイス・ブニュエル監督による映画「忘れられた人々」の、ペドロ少年の夢の中で羽ばたいていた〈鶏〉であり、もう一つは、ジャン・コクトー監督による映画の中で、男が作り出す（修復する）〈花〉である。テレビドラマの記憶とは、ずっと前にＮＨＫ総合テレビで見た「時をかける少女」（筒井康隆原作）の強烈な印象である。

これら心の中の映像や印象は、正に筆者の詩の原点とも言えるものであり、これをいま一度掘り起こして、詩と映画の関わりを探ってみたかったのである。

〈鶏〉や〈花〉の映像や「時をかける少女」の印象は、心の中に生き続けていたが、これらの映画の他の場面や筋は、すっかり忘れてしまっていたので、今回エッセイを書くに当たっては、ビデオで見直す必要があった。従って、これから書く映画の粗筋等は、いずれも今回見たビデオに基づいてまとめたものである。

1「忘れられた人々」(一九五〇)

先ず、この映画の冒頭で字幕に現れる「この映画の話はすべて、現実にあったことで、登場人物も実在する」という言葉は、「この映画はすべて架空のことであり、事実に基づくものではない」という断り書きを見慣れている筆者には、いくらか奇異であると同時に新鮮でもあった。

この映画は、大都会メキシコ市の「負」の面とも言える荒寥とした風景(黒沢明監督による「酔いどれ天使」の舞台である東京の裏町にも通じる風景だが、ここにはどぶ泥の沼はなく、乾燥している)の中で、貧しい人たちが、時に協同して悪を働き、時に互いに傷つけ合いつつ生きる様を描いているが、筆者は、初めてこの映画を見た時に強い印象を受けた。特に、同じ部屋にいくつも並べられたベッドの一つに眠るペドロ少年の、夢の中で羽ばたいた鶏の映像は現在まで筆者の心の中で生き続けていて、時に筆者自身が書く詩のモチーフにもなっているのである。

ハイボは、貧民街に棲息する悪餓鬼どものボスである。少年院から脱走して仲間たちの所へ戻り、その密告によって彼が少年院へ送り込まれたと信じ込んでいる少年(実際には、町工場で真面目に働く、誇り高い少年)を手下のペドロに呼び出させて、棒で殴り殺す。

ペドロは、母子家庭の長男で、母親の言によれば、父親が誰なのか分からない。母はペドロの弟や妹にはそれなりの愛情を示すが、彼に対してはまったく愛情を持っていない。彼は、何とかして母に愛されようとして仕事を探し、立直ろうとするが、いつも悪の象徴のようなハイボに悪の道に引き戻され、あの真面目な少年の殺害に立ち合わされたうえ、後に自分もハイボに殺されてしまう。

ペドロは少年殺害に立ち合ってしまった夜に夢を見る。夢の中で、肉体はベッドに横たわったまま、影がむっくりと立ち上がり、けたたましく羽ばたく鶏と血塗れの顔で死んでいる少年に脅かされて、母親に助けを求め、抱擁してもらう。母親からまったく愛されないペドロは、実生活で得られない愛を夢の中で獲得するのだ。

また、ハイボは悪餓鬼どもを引き連れて、メキシコ革命前のボルフィリオ・ディアス大統領時代の歌を歌って恵みを乞う盲目の老人を襲い、金を盗み、老人の商売道具である太鼓をぶち壊す。彼はまた、ペドロの母親と通じる。彼女は、何人もの男との間に出来た子供を産んだ、アナーキーな雰囲気に包まれた女性である。

盲目の老人も実は、したたかで執念深い人物であり、彼が映画の終わりで言う次の台詞は、感傷や浅薄な楽観主義を真向から否定する反人間主義の詩になっている。「一人減ったぞ。こうして皆消える。みんな生まれる前に殺せばよかったんだ。」そしてハイボは、警官に眉間を撃ち抜かれ、薄れていく意識の中で独り言ちるのだ。「俺は暗い穴に落ちていく。俺は一人きりだ。一人きりだ。」

2「オルフェ」（一九五〇）と「オルフェの遺言」（一九六〇）

ジャン・コクトー監督による映画「オルフェ」は、次の語りで始まる。「ギリシャ神話のオルフェは竪琴の名手だ。妻のユリディスが死ぬと地獄へ降りて行き、姿を見ないという約束で妻を連れ戻すが、約束を守れず妻を失う。現代にもオルフェはいる。伝説に時代はない。」

この映画は、詩人・オルフェと死の女神との愛の物語にもなっている。死の女神は、あの世の殺し屋たちに命じて、オルフェの妻ユリディスをオートバイで撥ねて殺させ、あの世へ連行する。オルフェは、ウルトビーズの勧めに従って、ユリディスを連れ戻すためにあの世へ行くが、それは、妻のためばかりではなく、愛する死の女神に会いたいからであった。あの世で行なわれる裁判で死の女神は、オルフェを独占するためにユリディスを殺して連行したことを認め、オルフェへの愛を告白する。別室へ引き下がることを命じられた二人は、そこで永遠の愛を誓うが、所詮別の世界の者たちであり、二人の愛は成就しない。女神は言う、「愛する資格がないのに、愛してしまった」と。

この映画で重要な役割を果しているのが「鏡」である。鏡はあの世への入口である。オルフェをはじめとする人間たちも死の女神も鏡を通って二つの世界を行き来する。そして鏡を通り抜けるために、特殊な手袋が使われる。この手袋をはめると、いとも簡単に鏡の中へ入り込み、通り抜けることが出来る。

オルフェをあの世へと導く時、ウルトビーズは言う「鏡は死神が出入りする場所だ。あなたの人生と働く死神の姿が映っている。生と死の中間地帯、世界中の鏡がここに通じている。日常の言葉はここでは通用しない。」オルフェとウルトビーズが鏡を通り抜けた後、この世（生）とあの世（死）との中間地帯をあの世から吹いてくる風に逆らいながら、地面から浮き上がって、滑るように歩いて行く場面は、まさに詩と死の世界であり、「忘れられた人々」の夢の世界とも相通じるものがある。

「オルフェの遺言」（一九六〇）は、「オルフェ」を踏まえて、ジャン・コクトーが監督し、自ら出演もしている映画である。その冒頭に語られる次の言葉は印象深い。「映画の特権、それは多くの人々を一堂に集めて、同じ夢に酔わせ、厳しいリアリズムで非現実な幻影を見せることだ。言わば映画は詩を運ぶ車。私の映画はストリップティーズにほかならない。」（この定義に従えば、相当数の人々が同じ場所の暗闇の中で一緒に一つの映画を見、同じ夢に酔うのが「映画を見る」ことであって、ビデオを自室で一人鑑賞したのでは映画を見たことにはならないらしい。しかし、今回はそのことには立ち入らないことにする）。

このエッセイの初めにも書いたとおり、男の手の指によって作り出される〈修復される〉〈花〉の映像が筆者の心の中に永い間住みついているのだが、それが「オルフェの遺言」の一場面であることが、今回ジャン・コクトーの映画をいくつか見直してみて分かった。そして一度千切り捨てた花を作り直すのが詩人（ジャン・コクトー自身？）であり、花が詩人の生命そのもの、詩そのもので、詩人と運命を共にすることも分かった。

詩人がその写真を千切って海へ投げ捨てることによって生き返ったセジェストに「画家はいつも自画像を描く。しかし、あなたにその花は描けない」と言われ、腹を立てた詩人は、花を千切り、踏みつぶすが、セジェストに促されて、花の破片を寄せ集め、見事に修復する。そして、その花を持って、あの世へ死の女神に会いに行く。あの世では、死の女神とウルトビーズが裁判所の査問員として待ち構えていて、詩人を告発し、裁く。

ウルトビーズが訴状を読み上げる。「第一に無罪の罪。一つの罪ではなく、すべての罪を犯す可能性がある。従って、当法廷の裁きを受けるのだ。第二に、自分の属さない世界に侵入しようと望んでいる。有罪と認めるか、無罪と主張するか。」これに対して詩人は反論する。「有罪だと認めるが、犯さない罪の脅威にさらされている。私は第四の壁を越えたいと願った。人間はこの壁に恋や夢を描くのだ。」「何故？」と死の女神が訊ねる。詩人が答える。「この世界に疲れ、習慣を嫌悪するからだ。規則を破る反抗心と創造の精神からだ。創造は人間固有の反抗精神の最高の表現だ。」尋問は続く、「映画とは？」「尽きない思考の泉だ。死を蘇らせる。しかも映画は、非現実に現実的な外観を与える。」「詩人とは何者？」「詩人とは、詩を書く人間のことだ。生きても死んでもいない言葉を使って書く。少数の人間しか話さず、聞こえない言葉で。」そして、詩人に対して判決が言い渡される。宣告されるのは、生きるという刑である。裁く側に立った二人にも刑が宣告される。他者を裁くという刑が。

この映画は、非常に深みと広がりのある作品であるが、ここでは、ジャン・コクトーの詩論や映画論が展開されている部分のみを取り上げた。「第四の壁を越える」ということは、映画「オルフェ」で鏡を通り抜けたように、時空の壁を突き抜けることである。

筆者は、「習慣に対する嫌悪」「創造の源としての反抗精神」に共感する。そして現在の日本に少なからずいる、詩人と自称しながら反骨精神など微塵も持ち合わせていないらしい人たちについて考える。

3「時をかける少女」

映画「オルフェの遺言」では、死の女神や人間が時空の壁を通り抜けて、この世とあの世を行き来し、そこに詩があるのだが、「時をかける少女」では、主人公（芳山和子）が未来を他の人々に先駆けて生きてしまう。

何年前であったか思い出せないが、筒井康隆原作のこの小説が、NHKでテレビドラマ化され、放映された時、大きな感動を味わった。それで今回ビデオレンタル店をあちこち探したが、手に入らず、結局一九八三年角川春樹事務所制作、大林宣彦監督、原田知世主演の映画と一九九四年フジテレビ制作、落合正幸、佐藤祐市演出、内田有紀主演のテレビドラマをビデオで見た。

主人公の芳山和子は、放課後の教室清掃中に入り込んだ理科実験室で、床に落ちて割れた試験管に入っていたラベンダーの香りのする液体を吸い込んで、一時的に意識を失った後、近未来を他の人たちよりも先に体験する能力を身につけてしまう。そのことに気づいた和子は、思い悩み、苦しむが、やがて級友の深町一夫が実は、西暦二六六〇年から来た未来人で、彼が持って来た、時空を越えて旅することの出来る薬品を和子が嗅いでしまったことが分かる。和子と一夫は、互いに愛し合いはじめていたが、結局一夫は未来の世界へと帰って行き、和子は時間を過去へと戻る旅をした後、理科研究室で気を失って倒れた時点に戻り、正常な生活が再開される。

大林宣彦監督の映画は、テンポがもたついていて、時空を行き交うスピード感に欠けているためか、印象が薄いが、フジテレビ制作のドラマは、思わず引き込まれるほどのリズム感があり、NHK制作のものに劣らない位の感動を味わうことが出来た。

「オルフェ」は、あの世とこの世を行き来する物語であり、「時をかける少女」は、未来と過去の間を旅する物語である。いずれにおいても、時空の壁を越えるところに詩が存在している。そして、時空を越える旅を、動きとリズムのある映像と音によって、明確かつ自在に視覚と聴覚に訴えることの出来るのが、映画の特権である。

（「日本未来派」二〇八号、二〇〇三年）

夢と性そして人間解放

1　「遊び」、「空想」、「夢」

フロイトは、その著書『文化・芸術論』（一九六九年、人文書院、高橋義孝他訳）の「詩人と空想すること」の章で、子どもの遊びと大人の空想及び夢との関係について述べるとともに、空想を描写することによって人々に美的な快感を与え、籠絡するのが詩人だと言っている。

フロイトの論旨を筆者なりに解釈し、要約すると次のようになる。「われわれは詩的活動の最初の現れを子どもに見出す。子どもがもっとも好みかつ熱心にすることは、遊ぶことである。遊んでいる子どもはみな一つの独特な世界を創りだすことによって、あるいは自分の世界の事物を、自分の気に入った、ある新しい秩序の中へ置き入れることによって詩人と同じように振舞っている。

青年になると、人は遊ぶことを止めるが、その代わりに空想する。人を空想へと駆りたてる願望は、その人の性別、性格、生活事情によって異なるが、たやすく二つの主なグループに分類することができる。すなわちそれらは、人格高揚に奉仕する名誉心的願望か性的な願望である。

夢の分析によって明らかなように、夜見るわれわれの夢もまた空想なのである。夜の夢は、昼間の夢すなわちわれわれすべてによく知られている空想と同じ願望充足なのである。詩人が「遊び」をわれわれの前で演じてくれたり、あるいは彼が、彼自身の個人的な白昼夢としてわれわれが解釈したいようなことを話してくれると、われわれは高度の、おそらく多くの源泉から合流して出来上がったような快楽を感ずるのである。」

以上にフロイトが述べたことを読むと、「遊び」、「空想」、「夢」が詩と密接に関っていることが納得できよう。

2　夢と詩

また、視点を変えて、眠りという人間に不可欠な行為のさなかに、意図せずに、無意識の領域に押し込められていた願望（欲求）が意識化されるのが夢であり、覚醒時に、意図的に無意識の領域を掘り起し、言葉として定着するのが、詩の創造である、と言うことも出来よう。

フロイトは、その著書『夢判断』（一九六八年、人文書院、高橋義孝訳）で「夢は願望の充足である」と言っている。すなわち、人は現実の生活で満たされず、無意識の領域に押し込められていた願望（欲求）を夢を見ることによって満たすのである。そして夢には、性行為を行なっている夢のような直截なものもあるが、願望に対する心的な抑圧が強い場合、歪曲され、象徴的な表現となることが多い。そこで、夢の分析と解釈が必要となるのであるが、夢には個別の分析と解釈を要するものと、類型的なものとがある。ここでは、類型夢について考察してみたい。

フロイトは、『夢判断』の「夢における象徴的表現」の章で、類型夢として次のようなものを例示している。

―すべて長く伸びた品物、杖だとか幹だとか洋傘（陰茎勃起に比しうべき膨張性のためであろう）だとか、すべての長めでとがった武器（ナイフ、短刀、槍）のようなものは男子性器を現す。小筥、箱、大きめの箱、簞笥、長持、暖炉、その他洞穴、船、容器類一切は女体の象徴である。―階段、梯子、踏み台、ことにそういうものの上を昇降することは性交行為の象徴的表現である。―身につけるものでは、婦人帽はまず男子性器を意味する。同様に外套も陰茎の象徴である。―男性の飛行夢は、多くの場合性的な意味を持つ。こういう夢の大部分は陰茎勃起の夢だろうという学者もいる。

筆者は、初老の年齢に達した頃から直截な性行為の夢を見るようになったが、若かった頃には右の類型夢のような夢をよく見た。一つは、エレベーターやロープウェーのゴンドラのようなものに乗って猛烈なスピードで上昇する夢である。恐怖と不安にかられ、早く降りようと自室があると覚しき階（例えば一六七階）のボタンを懸命に押すがどうしても止まらない…ようやく止まって降り、部屋を探すが、廊下は薄暗い洞穴のようで、なかなか目指す部屋が見つからない。

だから／遠い空へとまっしぐらに上昇する／エレベーターに乗って／恋人を　真っ白のパンツを／夢の中へ／探しに行こう／／眼下には緑の草原が果てしなくつづき／止めようとしても昇りつづける／エレベーターにはげしく揺られながら／不安に戦いている

（拙詩集『花狩人』の詩「喪失」より）

もう一つは、広々とした山野の上などを平泳ぎのように空気をかき分けながら飛ぶ夢である。この夢では、願望が満たされる充足感を味わった。この夢のことも詩に書いたが、詩集に入れなかったので、今手許にない。

3　エロティシズムとシュルレアリスム

さて、ここからは、詩人の内奥、無意識の領域から湧き上がってくるエロス（リビドー）を重視したメキシコの詩人オクタビオ・パスの詩と評論を参照しつつエロティシズムと、これと密接に関っているシュルレアリスムについて考察することとする。

パスは、フロイトの影響のもとに『シュルレアリスム宣言』を執筆し公表したアンドレ・ブルトンの著作のいくつかを貪るように読み、このフランスの詩人に多大な関心を寄せていたが、一九四八年に詩人、バンジャマン・ペレの紹介で知己を得、その後は、シュルレアリスムの影響のもとにエロティックな詩を含む多くの深遠な詩を書いた。

一方、ブルトンにとってパスは、「優れてシュルレアリスム的である国」メキシコの驚嘆すべきイメージを最も鮮明に伝える詩人であり、その情熱と精神的渇望によって正当なシュルレアリスムの系譜に加えられるべき存在であった。ブルトンは、「一番感銘を受ける」スペイン語圏の詩人としてパスを挙げている。

メキシコ人は、征服者であるスペイン人と被征服者である先住民双方の子孫であるというアンビヴァレントな存在であり、「ラサ・コスミカ（宇宙的民族）」と呼ばれるほど混沌とした性格の持ち主である。メキシコという国は、「何でもあり」で、この上なく俗っぽく、無秩序で、しかも形式主義がはびこっている反面、スペインの共和派等の亡命者を進んで受け入れる懐の深さを持っている。根っからの詩人であったブルトンは、こういうメキシコを「シュルレアリスム」そのものの国としてこよなく愛した。

パスは、その著書『三極の星』（一九九八年、青土社、鼓宗訳）の中で次のように述べている。「インスピレーションと無意識の命令は同義語になる。」「詩的なものは無意識による啓示であり、それゆえ、けっして意図的ではない。」「詩の創造は、詩人がその内部からある言葉を引き出す、もしくは抽出する作業である。つまり、逆の言い方をすれば、詩人の内奥から、ある特権的な瞬間に、言葉が湧き出るのである。」（以上第Ⅱ章「インスピレーションと自動記述」より）。

4　火は性愛、二重の炎はエロティシズムと愛

また、パスはその著書『二重の炎』（一九九七年、岩波書店、井上義一・木村榮一訳）の「序言」で、エロティシズムと愛と性愛の関係を火と炎に擬えて次のように書いている。「『規範辞典』の〈炎〉の項を引いてみると、〈火の最も細長い部分で、ピラミッド状をなして上方に燃え上がっている個所〉と出ている。性愛というのは本源的で最も重要な火にあたるが、そこからエロティシズムの赤い炎が生まれてくる。そしてエロティシズムの赤い炎に支えられてもうひとつの青く震える炎が立ち昇っているが、それが愛の炎である。エロティシズムと愛、この両者が即ち生の二重の炎である。」また、他の章でも、このことに関して次のように述べている。「性愛のないエロティシズムが存在しないように、エロティシズムのない愛は愛ではないし、性のないエロティシズムは考えられもしなければ、存在することもありえない。愛とエロティシズムを区別することは時に困難なことがある。」（第5章「太陽系」より）。

「エロティシズムとは肉体の詩であり、詩とは言語による性愛であると言っても過言ではない。」「性的行為と詩的行為、この両者を突き動かしているのは想像力である。」「詩は働きそのものにおいて既にエロティシズムであり、それゆえ世界と言語をエロティックなものに変容させる。」（以上第1章「牧神の王国」より）。

パスは、右の見解の実践として、いくつものエロティックな詩を書いた。次に示すのは、その一例である。

そしてふたたび影たちが開き、肉体を見せた／おまえの毛、濃密な秋、太陽の水の落下、／おまえの口と人食いの歯の白い規律、炎の囚人、／おまえの肌はかすかな黄金色のパン、おまえの目は焼けた砂

糖、／時が移ろわない場所／ぼくの唇だけが知っている谷間、／乳房の間を喉へと登る月の小道、／うなじのこわばった滝、／腹の高原、／脇腹の果てしない浜辺。／／（中略）おまえの足の爪は夏のガラスでできている。／おまえの両脚の間にはまどろむ水の井戸がある、／夜の海が静まる入江、泡の黒い馬、／山の麓の財宝が隠された洞窟、／ホスチアを作るかまどの口／半ば開き、残忍そうに微笑んでいる唇、／光と影の、見えるものと見えないものの結婚／そこでは肉が復活と不滅の生命の昼を待っている。

（詩集『讃歌のための種子』の中の詩「目のまえの肉体」より）

この詩を読んで、現在メキシコで最も活躍している女性作家の一人エレーナ・ポニアトウスカは、次のとおり書いた。「その詩句をゆっくりと読み返した。忘れることが出来なかった。自分自身を咎めつつまた読み返した。どうしてあなたは、このような冒瀆を犯すことが出来たのか。修道院の少女である私は自問した。〈さあ、どうしよう。今すぐ告解室へ行こうか。〉次の朝、私は聖体を拝受することが出来なかった。そう、あなたの言うとおり、私たち女性の、両脚の間には泡の黒い馬がいる。〈どうしよう、神様。どうかお助け下さい。〉詩人たちは、娘たちの内部に何が起り得るかということが解らない。あなたは、イエスの聖心をその神聖な場所から移動し、恐ろしい場所へ持っていってしまった。」国民の約九割がカトリック信者であるメキシコは決して「性」について解放的な国ではない。キリスト教では、「性」は汚れたもの、罪深いものとされている。にも拘らず、ポニアトウスカは、パスのエロティックな詩に正面から取り組み、そこから受けた衝撃を正直に表現している。

われわれ日本人は、宗教の戒律による制約など殆どないにも拘らず、「性」の問題を避けて通ろうとしている傾向がみられる。詩人たちも例外ではなさそうだ。男も女も「性」の問題にまともに立ち向かわない限り、真の人間解放はありえない。

（「新・現代詩」一五号、二〇〇四年冬号）

サドが描いた理想の女性
―『悲惨物語』のユウジェニイ―

一般に、男子がその成長過程において持つ精神的葛藤の基底をなすのは、父親に対する憎悪即ちエディプスコンプレックスである。ところが、マルキ・ド・サドの場合はまったく逆に、男根に象徴される父親の権力と手を結び、すべての憎悪を母親に向ける。サドとブルボン王家に繋がる宮廷貴族の娘であった母親との間に何らかの軋轢があり、その結果として憎悪を持つようになったのか否かについては、筆者が今までに読んだサド関係の書物からは明らかになってこない。

しかし、サドがその著書『美徳の不幸』の中で、男色家であるブルサック侯爵に語らせている次の言葉からは、サドの明らかな母性憎悪を読み取ることができる。「僕が殺そうと思っているのは、腹の中に僕を抱えていたこともある僕自身の母なのだ。ちぇ、それがどうした、そんなくだらない理由で僕が思いとどまるものかね。ぜんたい母というのは何様のことだろう、そいつが淫らな思いに燃えて、僕という人間の元である胎児をはらんだとき、そいつは僕のことを考えていてくれたのかね。そいつが快楽に耽ったというので、僕はそいつに感謝しなければならないのかね…」。侯爵家の血筋に生まれたサドは、放蕩の後終身税裁判所長官の娘ルネ・ペラジーと二十三歳で結婚するが、この妻を彼は生涯に亘って苛み続けた。サドから愛されていないことを認識したルネは、献身的な服従を自らに課したが、サドの批判的で冷静な目の前には、この献身的な服従も彼女自身の満足のためにするエゴイズムの行為以外の何物でもなかった。

またサドは、女性が往々にして持っている虚飾性と偽善性を容赦なく暴き出し、これを厳しく糾弾した。虚飾性と偽善性は男性も持っているが、サドの鉾先はもっぱら女性に向けられる。糾弾の具体的対象となったのが、妻ルネと義母モントルイユ夫人であった。この第二の母とも言える人物が母性的特権の代表として彼の前に現れたとき、彼の憎悪は無意識の領域から意識の世界へ躍り出たのである。憐憫、慈愛、犠牲、貞淑といった女性的美徳はすべて、虚飾や偽善と表裏一体をなすものとして彼の憎悪の対象となった。

サドのこのような性向に対して、筆者は共感するのだが、この共感はどこから来るのだろうか。筆者は三歳のときに父が病死し、その後は母の手ひとつで育てられた。母は助産婦という職業を持ち、経済的に自立出来たため、再婚することなく、筆者を含む二人の息子と一人の娘の養育に生涯を捧げた。どうもこのことが筆者の母性に対する敵意に関わっているように思えるのである。子供の頃から、意識的には母に甘えつつ、不自由や不満の少ない生活を送ってきたが、筆者の全人格が母の支配下にあることに対して無意識の反抗心が育まれたのではなかろうか。姉や弟との関わりもあるので、筆者の性格形成にまつわる問題はさほど単純ではなさそうではあるが…。この論文は、筆者が抱えている問題を追求するのが目的ではないので、今はこのことについて深入りはしない。

さて、サドの小説『悲惨物語』（一九五八年、澁澤龍彦訳、現代思潮社）は、前述のようなサドの実生活をモデルとして書かれたが、この作品の中にサドは、彼自身の分身と思われるフランヴァルとその妻及び義母ファルネイユ夫人を登場させるほか、妻との間に儲けた娘ユウジェニイを登場させる。そしてこの娘をフランヴァルは、自分の思いどおりの理想の女に育てあげ、彼の妻を不幸のどん底に落すための手段として利用する。物語の結末でフランヴァルは、生前に重ねた悪行を悔い、先に死んでしまった妻に許しを乞いつつ息絶えるのだが、この筋書きは官憲や一般読者を欺くためのカムフラージュであって、実生活におけるサドは生涯、彼が牢獄に繋がれていたときも献身を惜しまなかった妻を苛み、義母モントルイユ夫人への憎悪を燃やし続けたのである。

『悲惨物語』についての、筆者の視点から捉えた粗筋は、次のとおりである。

パリ生まれのパリ育ち、多くの財産を持ち、この上なく優雅な容姿と美貌と種々の才能に恵まれたフランヴァルは、こうした魅力的な外貌の下にすべての悪徳を隠し持っている。彼は、資産家ファルネイユ家の、まだ若い母親と二人暮しをしている令嬢に目をつける。彼女は十五歳の若さと類稀な美しさ、無邪気と淑やかさ、そして新鮮で才智溢れる瑞々しさ等を兼ね備えている。フランヴァルは彼女の母親であるファルネイユ夫人に取り入り、まんまとその娘との結婚にこぎつける。

妻となったこの娘は、一年後に自分よりももっと美しい女児を生む。フランヴァルは、ユウジェニイと名づけたこの子どもを、生まれるとすぐに母親の手許から離してしまう。そしてこの子を知り合いの女たちに預けるのだが、女たちはフランヴァルの指示に従い、子どもの健康に注意することと、読み書きを教えることしかせず、普通の女の子が知っていなければならない宗教や道徳のことについては何ひとつ教えない。こうしてユウジェニイは七歳になると、母親のもとへ連れ帰られるが、このとき彼女はすらすらと本が読め、潑溂とした健康に恵まれ、天使のように美しく育てられているというだけで、宗教上の初歩的な教理や基本的な道徳などはまったく知らない。この事実に直面して、フランヴァル夫人は絶望に捉われざるを得ない。

このとき以来ユウジェニイは、父の部屋と隣り合った小奇麗な部屋に移り住み、家庭教師に付いてペン習字や作詩法から天文学に至る学問、ギリシャ語を始めとする外国語、舞踊、乗馬術、音楽などを学ぶ。食事は野菜と菓子と果物で、肉やポタージュや葡萄酒やコーヒーは決して出されない。服装は季節に応じた快適なものが選ばれ、のびのびとした姿態を束縛するようなものは一切身につけない。

一週間に三回ユウジェニイは、父親と連れ立って劇場へ行き、彼女のために一年間借り切った桟敷で芝居を見る。その他の三日間は父親の部屋で夜を過ごすが、この時間は「ふたりの講話会」と呼ばれるものに費やされる。

こうして、フランヴァルの、自らの娘ユウジェニイを「理想の女」に創り上げる作業が着々と進められる。あくまでも美しく教養があり、しかも世の中で必要とされている道徳観などひとかけらも身につけておらず、従って虚飾性や偽善性にも毒されていない女、そして悪徳の塊であるフランヴァルをこの上なく愛する理想の女にユウジェニイは育っていく。妻について、フランヴァルは彼がかわいいユウジェニイのためにしているすべての配慮を彼から奪い取ろうとしているのだと説明し、この若い娘の心の中に母親に対する憎悪を植えつける。

そして、ユウジェニイが十四歳になった日、フランヴァルは永い間着々と進めてきた計画を実行に移す。ユウジェニイを誘惑し、情婦にするのである。永年に亘る教育で、心の底からフランヴァルを敬愛し、その虜になっていたユウジェニイは、自ら進んでその身を父に捧げるのである。そして、二人は何らの罪悪感に捉われることもなく、性愛の快楽に酔いしれるのである。

フランヴァル夫人は、悪徳の淵に身を沈める夫と娘の行く末を案じ、夫の愛を取り戻すためにも、何とかしてユウジェニイを若く有為な青年と結婚させようと、母親のファルネイユ夫人とともに奔走する。しかし、フランヴァルはユウジェニイを自らの手許に引きつけておくため、あらゆる策を弄して妨害する。先ずヴァルモンという青年に妻を誘惑させて、彼女を悪の道に引き込み、とやかくフランヴァルを批判出来ないようにしようとする。そして、この試みに失敗すると、妻とヴァルモンとのありもしない浮気話を世間に吹聴するばかりか、決定的に妻の口を封ずるために、ユウジェニイに妻を毒殺させようとする。父フランヴァルにこの上なく忠実な娘は本当に自分の母親を殺してしまう。

この小説の結末は、先にも述べたとおり、フランヴァルが犯した数々の悪行を悔い改めつつ死ぬという設定になっているが、これはあくまでもカムフラージュであって、サドがここで表明しているのは、近親相姦の全面的な肯定である。但し、母性を憎悪するサドの場合、花村萬月の『触角記』に見られるような息子と母親の間の性愛はあり得ず、賞揚されるのは、父と娘の間の恋愛であり、ここにサドが夢見るユートピアがある。

このように、サドは「性」にまつわるあらゆるタブーや道徳観念を排除し、人間の真実とは何かを追求した。しかし、彼が実生活において行ったとされる悪行、即ち義妹と通じ、数人の娼婦や下男と乱交や鞭打ちに興じたというようなことは、当時の貴族社会においては極めてありふれたことであった。後宮に多数の美女を囲って六十人以上の私生児を生ませたルイ五世の好色ぶりや、彼の摂政オルレアン公フィリップ二世が連夜全裸の美女を集めて行った乱痴気騒ぎ等に比べれば、児戯に等しかった。しかも人ひとり殺したことのないサドが悪徳の頂点を極めた世紀の怪物として世間に騒がれ、永年に亘って牢獄に繋がれたのは何故であったか。それは義母モントルイユ夫人の画策によるとか、殊更にサドの振舞いを大袈裟に吹聴して娯楽の種にしようとする大衆の願望がそうさせたのだとかの説がある。しかし、筆者の推測はいささか異なる。

サドの実生活における悪行は、取るに足りないものだったが、彼がその著作において、近親相姦や男色など当時のキリスト教社会で建前としては大罪とされ、実際には半ば公然と行われていた悪徳を真正面から取り上げ、これを大胆に肯定したことが、権力側に脅威を与えたのではないかと推測される。「ペンは剣よりも強い」ということを体制側もよく知っていたのではなかろうか。牢獄に閉じ込めればおとなしくなる筈のサドが、実際には獄舎の中でも書き続け、それが人々の目に触れて、世間を騒がすことになるのである。このように、サドはキリスト教的価値観を始めとする西欧のあらゆる社会的、文化的規制を拒否することによって、真の人間解放を目指したのであるが、残念ながら日本においては未だこのことが充分に理解されていないようである。

ここ日本において、政治的姿勢においてはまさに革新的な人が、こと「性」の問題に関ると、頑迷な保守主義者、体制の擁護者になってしまうケースが少なからず見られるのは何故だろうか。

自己変革による人間の解放なくして真の社会変革はあり得ないが、人間解放のためには「性」の解放が不可欠なのである。そのことを著作活動において強調し、実生活においても挑戦した先駆者がサドであった。その思想は、後にアンドレ・ブルトンを始めとするシュルレアリストたちによって継承されたが、ここでルイス・ブニユエルの「シュルレアリスムの真の目的は、新たな文学的、造形的もしくは哲学的な運動を創出することではなく、社会を爆発させ、生活を変えることであった」という言葉を思い出して見よう。二十一世紀以降の世界において、「社会を爆発させ、生活を変える」ためには、フランヴァルのような破壊的な男が必要なのではないか。ユウジェニイのような既成の価値観や倫理観から完全に解放され、真に自由な精神を持つ女も。

日本の女性、特に女性詩人たちは、ユウジェニイをどう評価するだろうか。筆者は彼女の中に滅亡の危機に瀕している人類の未来を切り開く可能性を認めるのだが。

（「新・現代詩」一九号、二〇〇五年冬号）

◇参考文献◇

『悲惨物語』マルキ・ド・サド著、澁澤龍彦訳（一九五八、現代思潮社）
『サド復活』澁澤龍彦著（一九五九、弘文堂）
『悪徳の栄え』マルキ・ド・サド著、澁澤龍彦訳（一九六〇、現代思潮社）
『サドは有罪か』ボーヴォワール著、白井健三郎訳（一九六一、現代思潮社）
『わが隣人サド』クロソウスキー著、豊崎光一訳（一九六九、晶文社）
『ソドムの百二十日』マルキ・ド・サド著、佐藤晴夫訳（一九九〇、青土社）
『エロスの彼方の世界―サド侯爵』オクタビオ・パス著、西村英一郎訳（一九九七、土曜美術社出版販売）
『サド侯爵の幻の手紙』フィリップ・ソレルス著、鈴木創士訳（一九九九、せりか書房）
『侯爵サド夫人』藤本ひとみ著（二〇〇一、文春文庫）

アントニオ・ガモネーダは語った「詩はリズミカルな思考である」

――第五回ブエノスアイレス国際詩祭の報告

二〇一〇年四月二十五日午後八時から第五回ブエノスアイレス国際詩祭の開会式が市内のホルヘ・ルイス・ボルヘス・ホール（第三十六回国際ブックフェアー会場内）で行われ、アルゼンチン作家協会会長で、本詩祭の主催者である女性詩人グラシエラ・アラオス氏の司会により、二〇〇六年度にセルバンテス賞[*1]を受賞したスペインの詩人アントニオ・ガモネーダ氏が、三百五十人余りの聴衆を前に皮切りの講演と自作詩の朗読を行った。講演の内容は、以下に記載するクラリン紙（日刊）による事前の取材記事とほぼ同じ趣旨のもので、確かな詩論に裏打ちされており、聴衆に深い感銘を与えた。また、その詩論を踏まえた自作詩朗読は、卓抜な音楽性とリズムによって聴く者の心の深部に響くものであった。

●「クラリン」紙（四月二十六日付）に掲載の事前取材記事

アントニオ・ガモネーダは一九三一年にオビエドで生まれたが、レオン市で育った。そこで幼くして惨たらしい内戦を身をもって体験し、母親と二人貧窮のどん底に沈んだ。ついに見ることのなかった父の蔵書への郷愁、抵抗運動に参加するための執筆活動の放棄、成長過程にある身体の組織としての詩心そして孫の誕生によって和らげられた死への恐怖。それらが彼の来歴の一部を構成しており、『影でいっぱいの箪笥』の中で再現されている。「動機は、母の死後母しか開けたことのなかった箪笥を開けたという物理的で遅すぎた事実でした。それは実存的回復であり、わたし自身及びわたしの時間との決定的再会でした」とガモネーダ氏は語った。

―いつもあなたは詩は考える方法であり、世界に存在する方法だといっておられました…

―詩とは生きる方法です。何故なら詩人は自らの内面によって支配されているからです。そして詩は知的現実を創造します。わたしたちは皆夢が原因で幸福になったり不幸になったりします。他にわたしたちに幸福や苦悩をもたらすものなどあるでしょうか。詩は熟考すべきものでも哲学的なものでもなく、リズミカルな思考なのです。

―五〇年世代と呼ばれている人たちとの関係をどうお考えですか。

―関係ありません。ある世代について語り、多くの詩人たちを同じ詩論に当てはめるのは容易なことです。しかし、詩は根本的に個人のものであり、詩人自身にも分からないものです。

―スペイン語圏の詩人で際立っているのは誰でしょうか。また現代の詩人であなたと関りが深いのは誰ですか。

―ルベン・ダリーオは重要です。しかし、詩的思考の真の破壊者であり創造者であるのはセサル・バイェホです。今日、わたしが惹かれるのは緊迫した表現を極めた詩人たちです。それらの詩人とは、最近亡くなったディエゴ・ヘスス・ヒメーネス、自分自身からも忘れられている偉大な詩人アルバレス・オルテーガ、それに『一五、〇〇〇、〇〇〇の行進』という詩集一冊だけを出した詩人、エンリケ・ファルコンなどです。

この第五回ブエノスアイレス国際詩祭は、第三十六回ブエノスアイレス国際ブックフェアー（二〇一〇年四月十日～五月十日）の一環として開催され、カナダ、チリ、コロンビア、キューバ、日本、スペイン及びトルコの七ヵ国から招待された九名とアルゼンチン国内の各地から参集した二十六名、計三十五名の詩人たちによって、四月二十五日から二十九日までの五日間にわたりスピーチと詩の朗読が行われた。日本からは筆者が招かれ、二十八日の閉会式で、締めのスピーチと自作詩の朗読を行った（但し、筆者は講演はスペイン語で行ったが、自作詩は日本語で読み、筆者訳によるスペイン語の訳詩朗読はアルゼンチンの詩人、フリオ・サルガード氏にお願いした)。閉会式が行われた二十八日までは、前述の開会式を除き、フリオ・コルタサル・ホールにおいて、三人の詩人と司会者一人が一組となり、一日二ないし三組によるスピーチと詩の朗読が行われた。この三日間の朗読会には、常に百名から二百名ほどの聴衆が参集した。

二十九日は趣向を変えて、詩人たちが数組に分かれ、市内数ヵ所のカフェテリア、ホテル内の喫茶店、スペイン文化センターなどで朗読を行った。筆者は午後七時からスペイン文化センターの中庭で行われた野外朗読会に参加し、第一番目の朗読を務めた。

五月九日付新聞「パヒナドーセ」に掲載された左記の記事からこの詩祭の雰囲気を想像していただければ幸いである。

●「パヒナドーセ」紙（五月九日）に掲載の記事

—貴婦人とサムライ—

ブックフェアーの一環として開催された第五回詩祭に参加した国際的詩人たちの中にアントニオ・ガモネーダとともに最も注目を集めた二人の詩人がいた。それぞれに異質であり、補完し合いながら、カナダのエレーヌ・ドリオンと日本の細野豊は、各々が属する世界の詩界の現況を語った。

エレーヌ・ドリオンはフランス語で囁くように話し、にっこり笑いながら話すとき声が大きくなった。一九五八年にケベック州で生まれ、二十冊以上の詩集を出版し、二〇〇五年にゴンクール賞に匹敵するマラルメ賞を受賞した。その詩は透明かつ深遠である。「光は何ももたらさない、／あなたを盲目にする三角形を遠くへ向けて開くだけ。」「わたしは人の数よりも多くの病気を知りつつ成長した」とドリオンは打ち明ける。子供の頃から医学百科事典を読んで過した。——ランボー、ロートレアモン及びボードレール——全ての本が火災で焼けてしまったからだ。当時カトリック教会は特定の書物を禁書としていたため、彼女の家族は再びこれらの本を取り揃えることが出来なかった。細野豊は大きな声で殆ど完璧なスペイン語を話した。一九三六年横浜生まれで、放浪と反逆の詩人であると同時に人なつこいこの詩人は、思うようにスペイン語の言葉が出てこないとその都度強く自分の頭を叩いた。彼の詩は明らかにシュルレアリスムの影響を受けており、「神々は立っている／瀕死の大木のように／大地に足をふんばり」といった詩句は顕著な甘酸っぱさのコントラストを示している。二人に共通しているのは、この国際詩祭において最も興味深い詩人であることを明らかにしたことである。二人の朗読中は完全な静寂が会場を支配したが、朗読が終るや否や盛大な拍手が響きわたった。二人の違いは各々が出身地について話したときに明らかになった。ケベックが近年世界レベルでの詩の中枢になったのに対し、日本の詩は現在よりもむしろ過去の中に生きているように思われる。「西洋の影響はわたしたちの詩の伝統の喪失を意味しました。それはわたしたちが今では和服を捨てて、新年や冠婚葬祭にしか着なくなったのと似ています。しかし西洋の影響はわたしたちの新しい精神状態を表現するために必要なことでした」と細野は説明した。そして第二次世界大戦の前と後では日本の詩に大きな変化があったのか、との質問に対して彼は「はい、大いにありました。この戦争で生き残った若者たちは『荒地』というグループを作り、西洋（特にT・S・エリオット）の影響のもとに質の高い非政治的な詩を書きました。もう一つは左翼で、『列島』というグループでした。第二次世界大戦は、十九世紀半ばに日本が鎖国を止めて開国して以来の更なる世界への門戸開放をもたらしました[*2]」と答えた。

一方、ドリオンはより現代的な景観を描いて見せた。「ケベックは十字路に位置しています。わたしたちが空間や時間との間で持っている関係と同様に風景は北米ですが、わたしたちの歴史と習慣は断然ヨーロッパとの結びつきが強いのです。わたしたちは言葉との間に活力に溢れた身体的関係を持っています。そのことがフランスで賞賛されました。同様のことが女性たちとの間で起こっています。遅かれ早かれわたしたちは認知されるでしょうが、そのためには抜きんでなければなりません」とドリオンはいう。

―あなたの国では詩で生計を立てることが出来ますか。

ドリオン＝いいえ、ケベックでも詩人は王様ではありません。私たちの詩がルクセンブルグ、フランス及びベルギーへ伝播されるという利点はありますが。

細野＝日本で詩集を出版するには、百万円、米弗にして一万ドル以上掛かります。しかも詩集は殆ど売れません。日本が偉大な詩の伝統を持っているにも拘らず、わが国の政府には文化政策がありません。現在、日本で詩を読むのは詩人だけです。だから、この詩祭の開会式にガモネーダさんの講演と詩の朗読を聞くために三百人以上の人々が来場したことにわたしは驚いています。

ドリオンと細野の詩作法は非常に異なっている。ドリオンにとって詩とは「より透明で出来る限り単純な表現に到達するために言語を探求する」ことである。十七歳のときにフランスや朝鮮の詩人たちの社会主義に影響されて詩を書き始めた細野にとって、「詩は無意識の領域から湧き出るものでなければならず、それがより深いところから出てくるものであればあるほどエロティックなものとなる」のである。とはいえ、二人ともスペイン語圏の詩人たちから大きな影響を受けている。「ピサルニク[*3]の詩を読んだときにはショックを受けましたし、フランスでファロス[*4]の詩を編集したときは楽しかったです」とドリオンは語った。細野はオクタビオ・パスを賞賛しており、その全集を読んだ。「わたしは東京外国語大学でスペイン語を専攻しました。最も人気があったのは英語でしたが、それを専攻しようとは思いませんでした。ロシア語か中国語をやろうかと思いましたが、母がどうかそれだけは止めてほしいといいました。警官が家へ押しかけてきて、わたしをコミュニストだと非難したことがあったからです。スペイン語を実際に使って身につけたのは、七〇年代にボリビアに滞在していたときでした。」

また、二人が将来について語るとき、それぞれ目指すところは異なる。細野は彼の詩が自国において更なる評価を受けることを望んでいるのに対し、ドリオンは既に多くの賞を獲得しており、今後何を目指すべきかを知っている。二人に共通しているのは、各々の将来にとって翻訳が非常に重要性を持っていることである。「わたしは新たな聴衆に出会えることを期待しています。わたしの詩を翻訳する際には常により簡潔な方法を探求するようお願いします。わたしが関心を持っているのは、わたしの詩が即座に理解されることです」とドリオンはいう。一方、細野は日本で発行された『二七年世代選詩集』(日本語訳詩集名『ロルカと二七年世代の詩人たち』)で受賞した実績を踏まえて、翻訳者としての仕事も続けたいと考えている。「日本語とスペイン語の構造は非常に異なっていますが、詩の言葉の意味とイメージを翻訳することはさほど困難ではありません。難しいのは音楽性とリズムを他の言語でいかに表現するかということです。こんなにも異なった言語の詩を翻訳出来るのは詩人即ち創造者だけです。」

(「詩と思想」二〇一一年三月号)

*1　セルバンテス賞＝スペインの文豪セルバンテス(一五四七〜一六一六)にちなんで創設された文学賞。毎年スペイン語アカデミー協会の推薦のもとにスペイン教育文化スポーツ省がスペイン語文学に貢献した作家の業績に対して贈る。スペイン語圏で最も権威のある文学賞。

*2　この「　」内の記述は、記者(フアン・パブロ・ベルタサ)が細野とのインタビューを彼なりに解釈して書いたもので、細野の真意が充分に伝わっているとはいいがたいが、そのまま訳出した。

*3　ピサルニク＝アレハンドラ・ピサルニク(一九三六〜七二)、アルゼンチン、ブエノスアイレス生まれの女性詩人。その詩の特徴は、シュルレアリスムの輝かしいイメージである。

*4　フアロス＝ロベルト・フアロス(一九二五〜九五)、アルゼンチン、ブエノス生まれの詩人。形而上学的な詩を的確な言葉で書いた。

解説

漂泊の詩魂をたずねて

――管見　細野豊氏の詩業

北岡淳子

　豊かな白髪が印象的な細野豊という詩人を知ったのは、一九九八年、日本未来派の西岡光秋、石原武両詩人の推薦を受けて日本詩人クラブに入会された頃であったと思う。ブラジル、ボリビア、メキシコなどの長い海外勤務の経験をもたれるという細野氏は、挨拶の際にも無造作に髪を掻き上げる、なにやら異風を漂わす詩人として記憶に残った。どことなくリチャード・ギアを連想させる、と囁かれたのも得心がいく風貌であった。

　海外での勤務の間、当初は外国人として赴任地の人々の習慣・感性、民族の歴史的背景等を含めて、そこで培われた人々の表裏があるように感じられる対応に苦慮されたとのことだったが、後には、日系詩人をはじめ幅広い詩人達との交流を深められている。

　ボリビアの日系詩人、後に日本詩人クラブ海外客員会員に選ばれるペドロ・シモセ氏もそのひとりで、そのペドロ・シモセ氏を囲む催し（スピーチと朗読の会）が都内で開催されたとき、中村不二夫氏の呼びかけによって私も参加する機会を得て、詩人を紹介される細野氏の言葉やペドロ・シモセ氏自身の朗読を聞くことができた。

　細野氏の第三詩集『薄笑いの仮面』の恵与を受けたのもその頃で、当時は、「薄笑い」という言葉の異様な気配に圧倒された記憶がある。

　その後、二〇〇五年度日本詩人クラブ新人賞の選考委員として同席する機会に恵まれたこともあり、以来、同クラブの仕事や様々な会合等で交流させていただくこととなった。そのご縁で、このたび拙文を寄せる機会をいただいたことはまことに光栄なことである。

知るかぎりの細野豊という詩人は、率直で飾らぬ物言いをし、信に篤い詩人である。文化や伝統の異なる海外勤務の日々は、現地の人々と解り合う難しさを痛感する中で自らを「紛れもない日本人である」と意識させられ、また帰国すると、率直な表現に思いがけない反応が返ってきて戸惑われたようだ。しかし、「以心伝心」に象徴される日本文化の曖昧さの伝統に、むしろ挑戦するかのような、考えや思いの率直・明確な表現が、ときには誤解を受けることもあり、また感情的な反感を持たれることもあったが、しかし自らのそうした生き方を貫き、妥協で意見を曲げることは私の知る限りにはなかったと思う。日本詩人クラブの理事として長く国際交流を担当、知己を得た海外の有力詩人の招聘に尽力し、その過程で、在日の政府関係機関の協力を得るなど国際交流のあり方の視野を開き、後に理事長を、その後に会長を歴任された。振り返れば日本詩人クラブの活動を中心にほぼ二十年、私にとっては学ばせて頂く機会を得たことになる。しかし、何ほどを学び得たか心許ないが、知り得たこの詩人について管見を認めてみたい。

細野氏は、四冊の詩集のほか、訳詩集二冊、共訳詩集三冊（二〇〇七年、鼓直氏との共訳『ロルカと二七年世代の詩人たち』（土曜美術社出版販売）は、第八回日本詩人クラブ詩界賞を受賞）、翻訳小説一冊、スペインの詩人ペドロ・エンリケス氏とのバイリンガル二人詩集などを出版。翻訳の仕事は、戦後、西欧文学を積極的に受け入れた日本の詩界では紹介される機会の少なかった第三世界の詩人や作家の仕事を一貫して紹介している。それは海外での長い勤務経験の間に出会ったその土地の文化や伝統を受け入れ、人々へ理解を深めたということであり、また細野豊という詩人の価値観や精神の在処を示すものであろう。

大学卒業後、「とかく組織優先の論理が先行し、個人の個性や自由が抑圧されてしまう日本社会」から、ラテンアメリカに移住した日本人の援護をする政府関係機関の仕事に従事した細野氏は、戦後、移住した日本人の生活調査を実施した際に、様々な差別に苦しむ日系青年の「日本人の血」への嫌悪の心情に強烈な衝撃を受けたという。青年の暮らすブラジルを敵国とし、後に敗れた日本国民の血を引くことや、肌色、あるいは容貌、暮らしの貧しさなども差別の要因で、その不条理に炙られるほどの思いを堪えるその青年の日常を、他人事としてではなく痛切に受けとめたということ、また一方では、日系二世の人々が欧米文化に影響されたブラジルなどの教育を吸収しながらも、根強く大切に日本的精神を受け継いでいる姿に驚き、共感したと訳詩集、ボリビアの日系詩人ペドロ・シモセ詩集『ぼくは書きたいのに、出てくるのは泡ばかり』の詩人解説に書かれている。日本人としてのアイデンティティと誇りを取り戻したいと考えていた細野氏は、以来、ラテンアメリカの日系詩人とその詩に深い関心を寄せることになり、多くの作品を日本に紹介するとともに『日本現代詩集』（ロス・アンデス大学発行）を翻訳して日本人の詩を紹介している。

細野氏の詩人としての出発は早くはないが、それだけに経験と広い見識を吸収した知性が感性に磨かれる、という充実を蓄えられたと私は思っている。第一詩集『悲しみの尽きるところから』の、同題の作品は、次のように書き始められる。

悲しみの尽きるところから
僕の歌は始まるだろう

「悲しみ」という言葉から、うちひしがれる、心打たれる、そしていとしく思う、などという受け止め方を、状況や用い方の機微から私たちは読み取る。このフレーズの、極みまで耐えぬいた人の微笑みを思わせる透明感が心に残った。だが、「悲しみの尽きるところ」とはいったいなにか。読み進むと、ペルー、ボリビア、チリなど山脈の間に広がる高地平原に暮らす人々、特に、習慣化して問題意識も薄れる程に低い地位に置かれる女性たちの状況が見えてくる。「能面のような顔」になる人々の在りようが、暮らしの外から訪れたひとの目にはよく見える。その常態を生むきびしい暮らしの様子も肌で感じ取れる。人々に溶け込もうとし、だが染まるのではない他国者の眼差しで捉えた高地平原の人々の姿をあつく描くⅠの章と、母への思いや友人たち、心を寄せたひとへの追憶などで纏められたⅡの章とで詩集は構成されている。巻末の詩「正月のソネット」は、大晦日から元旦を迎える時間帯が作品舞台である。正月に心弾ませる一人の少女がやがて「蛇」をやどらせ、女へと変身していく未来を透視するような鋭い目の光を感じさせるこの詩は、定型を用いて定型を大きくはみ出す詩の世界を凝縮させている。詩精神の芯にも触るようで、忘れられない一篇である。

最新の詩集『女乗りの自転車と黒い診察鞄』は、第一詩集から十九年後の出版で、詩集としては集大成の感がある。Ⅰ「母・遠い情景」、Ⅱ「花・ふるさと」、Ⅲ「中南米・はるかな空」の三章で構成されている。三歳で父を亡くし、住まいを移る。助産婦として生計を支える母は、夜っぴて帰らないことも多く、幼い細野少年はもっと幼い弟と母の帰りを待ちわびて夜をあかしたと書かれている。

多忙のなかでも、子どもたちを慈しんだ母との海の思い出、姉の思い出、堪えていたものが噴き出すように、と言えば、そんなことはない、と言われそうだが、姉を亡くし、十九歳のときには母が倒れ、医者の手当のかいもなく逝った母に向けて、「おれがあなたを死なせた」と辛い言葉をずっと抱えて生きてきたことが、詩語の端々に現れていて胸をつかれる。「黒い診察鞄」は助産婦だった母のもの、「女乗りの自転車」も母の大事な乗り物、少しの口答えや母の意に染まぬ行動もしたであろう息子が、万感の思いで母に捧げる詩集と言えるだろう。

この詩集のⅡの章の失われたふるさとへの憧憬・郷愁、Ⅲの章のボリビアやブラジルでの出会いの思い出のなかに生き生きと描かれる人々やできごと、それを描く詩人の思いの在処から滲む人間性が、詩を読む心を充たす。一方、「灼熱のリオデジャネイロ」のような詩に私は慣れていなかった。それは田舎育ちの私には育つ過程で「秘めるべき」という意識の目隠しが習慣化していたことにも依る。

エロスは生命の源に関わること、また自分の外の世界へ向かって新たなつながりを求めていく愛のあり方で、意識の目隠しをするよりも大らかに生きることを、身をもって感じた細野氏の、一石を投ずるような思いもあるように思われてきた。サンバが十九世紀末、奴隷から生まれた子どもを自由人とし、さらに奴隷制が廃止されたことで自由を得た黒人たちが、仕事を求めてリオデジャネイロに移住し、アフリカ音楽を持ち込んだというその歴史を踏まえれば、あつい坩堝となるカーニバル、サンバの音楽や踊りの激しさの見方も変わる。

境遇について認めるのは、細野詩を語る上では不要のことだと思いつつ、作品の読後に残る微かな孤独感のようなものは、気づくとなかなか消せない。「できることなら象のように」の詩の二連目「アンデス高地平原／ウユニ塩湖のほとりの／薄く照る太陽の下でただひとり」でひっそりと死にたい、とか、巻末の詩「漂泊の空」の旅役者一座の幟をはためかしながら行くトラックのどこかうら悲しい旅をするとき、やっと本来の自分になれる、とも書く。もし、それが実現したとしても、「本来の自分」にはなれまい。幼くして父を、少年の時期に姉と母を見送った喪失感と共に、海外暮らしでいずれの国民性にも多少の差はあれ違和感を感じたこと、その受けとめざるを得ない不条理なできごとの数々が、漂泊の思いを植え付けたことは想像に難くない。だが、それがなかったとしてもおそらく、「本来の自分」を求めて流離う思いは内に残るだろう。それは、細野豊という詩人が、詩人であるからだ。漂泊の魂こそ詩人の内に秘めた創作のエネルギー、作品を通して内から外へと差し伸べるその手を、誰かがたしかに握る。そんなことを思うのは嬉しい。作品を再読して学び直し、改めて得た実感である。

飛翔し続ける情熱の矢
――細野豊氏の翻訳詩　その魅力

下川敬明

◆はじまり

細野豊氏との出会いは、二〇一五年、日本詩人クラブの理事会だった。出会いと書いたが、詩歴も実績もかけ離れた大先輩とお話しさせていただけるようになった、と表現するのが正しい。過去に同クラブ理事長、会長など要職を歴任された細野豊氏は、このとき国際交流担当理事として活躍されていた。後輩たちを温かく見守りつつ、要所では的確な助言で会議をあるべき方向へと導いた。その手腕は、鮮やかで印象的だった。明晰な論理性と理想を追求する情熱を併せ持ち、説得力に富んだ議論を展開する姿は青年のようにも見えた。公の場での凛々しさとは対照的に、私的な交わりで見せる表情は優しく朗らかで、人懐っこい笑顔をほころばせながら古今東西の詩歌を語り詩界の今後を論じるお人柄に感じ入り、酒杯を手にした細野氏の言葉をしばしば末席にて拝聴するようになった。

細野氏は情熱の人である。胸に滾る詩歌への熱愛は時に盲目的と思えるほどに烈しく純粋で、生への賛美と憧憬に溢れている。それはおそらく細野氏自身の生きる原動力でもあるだろう。人間の内部に渦巻き、反復し、増減するエネルギー。現実を突き抜け、隙あらば覆そうとさえ欲望する、荒々しくも豊饒な生命の波濤。その灼熱の脈動。その夢みる力。

細野氏の業績は多岐にわたり、全体像を紹介するには膨大な紙幅を要する。本稿では氏の訳業、なかでも中南米スペイン語圏の詩に焦点を当て、その魅力を述べることにする。

◆ペドロ・シモセの詩

現在スペイン語圏で最も注目されている詩人の一人であるペドロ・シモセは一九四〇年ボリビア生まれ。父は山口県からの移住者、母は日系ボリビア人。まず作品を読んでみよう。

匂い

動物はおまえの目の閉じた霧の中で
死の匂いを嗅ぎ、
わたしの口で塞がれたおまえの口で
わたしを食べ尽くそうとする。
おまえのどの場所でわたしは灼熱の炎であるのか?
どんな優しさの中でわたしの目眩はおまえを傷つけるのか?
どの時刻にわたしはおまえの満たされない空腹であるのか?
今日という日が沈黙と匂いについて、わたしに語る。
空気の言い訳、純然たる本能。

詩人は、男女のエロティックな行為を「互いを食べ合う」関係と捉え、その根底に生の本源的欲望が横たわっていることを見抜いている。第一連は卓抜なはじまり。〈動物〉とは人間の内にひそむ動物的欲求と理解すれば、難しいものは何もない。〈わたしの口で塞がれたおまえの口で〉はエロスの存在表明。油断ならぬ詩人の知性は、そんな〈おまえの口〉が〈わたしを食べ尽くそうとする〉と語り、絡み合う知恵の輪のような論理の運びを現実の男女の交わりに重ね合わせてみせる。第二連以降も作者の眼差しは曇ることなく、自己と女との行為を凝視し問いかけ、思弁そのものが詩へと結実している。

エロスと知性との美しく個性的な融合を示す作品をもうひとつ紹介しよう。

かたち

未来は到着したが、それはわたしの夢に似ていない。
わたしが学んだことはすべて伝説か忘却だ。
おまえの胸で、おまえにとってかぐわしい
わたしの手が眠る、黄昏のあとに。
わたしの中に捨てられ、おまえの永遠は存在しない。
おまえの肉体は、動く暗号だ、時間だ、光だ
宇宙がそれ自身から逃げ出すかのように。
わたしは無限に煌めく。

未来、伝説、永遠……哲学的な響きをもつ語が鏤められているが、臆することはない。印象的な第一連は現在を示している。第二連では「今ここに」いる〈おまえ〉と〈わたし〉とがしみじみと眺められ、第三連ではそうした二人の関係がより普遍的な広がりのなかで動的に捉えられ、結ばれていく。先に紹介した作品もこの作品も詩人が五十代半ばを過ぎて書いたものである。人間の欲望を見詰めるだけでなく、それを果てしないもの、宇宙全体へと広げ、男女の愛を通して個が無限と一体となる瞬間が見事に表現されている。

ペドロ・シモセは、一九五〇年代後半から六〇年代にかけて三冊の詩集を刊行、民衆的連帯を求める急進的詩人として立ち現れたが、軍事政権下の七一年にスペインへの亡命を強いられた。亡命先における詩の言葉を失いかねない内面の危機が示されている第四詩集『ぼくは書きたいのに、出てくるのは泡ばかり』でキューバの「カサ・デ・ラス・アメリカス賞」を受賞。その後も家族と

共にスペイン、マドリーに住み続けながら多くの詩集を刊行している。その後ボリビア政府は前政権下での弾圧に関して詩人に謝罪し、一九九九年には国民文化賞が与えられた。

細野氏による『ペドロ・シモセ詩集　ぼくは書きたいのに、出てくるのは泡ばかり』は九つの詩集から九十を超える作品を訳出した、我が国初のペドロ・シモセ詩選集である。

◆ホセ・ワタナベの詩

ホセ・ワタナベ（一九四五〜二〇〇七）はペルーの日系詩人。岡山県出身の父とペルー人の母の間に生まれた。一九七〇年若手詩人コンクールで最優秀賞を受賞。二〇〇〇年に出版した詩選集『氷の番人』でキューバの「カサ・デ・ラス・アメリカス賞」を受賞、国際的に高い評価を受けた。細野氏によれば、「ホセ・ワタナベは、ペルーの現代文学において最も重要な詩人のひとりとして評価されており、二〇〇七年の逝去後評価はますます高まりつつある」という。その作風について、細野氏は『ホセ・ワタナベ詩集』解説文で次のように述べている。

自然や獣、昆虫などを題材にした多くの詩を書き、このことが特徴として際立っているが、それは俳句の影響によって彼の身についた「日本人性」の現れである。ワタナベの持つ「日本人性」は、日本からの移住者である父、渡辺春水（わたなべはるみ）から伝授されたものであり、俳句のほか武士道や禅とも繋がっている。

まずは日本と直接関わりのある作品を見てみよう。題名は何と「芭蕉」。俳聖松尾芭蕉である。

芭蕉

古池に、

蛙は一匹もいない。
詩人が水面に杖で書く。
四世紀前から水は揺れている。

俳句形式を確立した芭蕉への崇敬の念と共に、あの余りにも有名な一句に対するホセ・ワタナベの理解が、きわめて短い詩形のうちに表現されており、見事というほかない。
もう一篇、詩選集の表題ともなった作品を紹介しよう。

氷の番人

そして壊れた手押し車をひいたアイスクリーム売りと
油缶の火から逃れた小鳥を追っていた
わたしが
西風の中で出会った。

太陽もまた彼と出会った。
そんなときにどうして率直な好意を断れよう。
アイスクリーム売りは溶けやすい氷を見張ってくれとわたしに頼んだ。

おお、太陽の下の儚いものを見張る…

氷は溶けはじめ
わたしの影の下で
あぶれ者のように絶望した。
　　溶けるにつれて
ほっそりと不可欠なものの形を描き
つかの間の水晶の
堅さを持ち
やがて山のようにあるいは
崩れる惑星のように
純粋な形となった。

人はこんなにも速く逃げるものを愛することができない。
速く愛せと太陽はわたしに言った。
こうしてわたしは、熱烈で邪悪な王国で
生を全うすることを学んだ。
わたしは氷の番人だ。

時の経過のなかで存在を失っていくものを目の当たりにしている作者は、無常観に浸ることなく、冷徹なほどの眼差しで消失の様態を観察している。氷は儚いものの象徴であると同時に、消え去ることにより永遠そのものとなる。おそらく、作者は森羅万象がそのような仕組みの下にあると直観している。太陽の下で溶ける氷を描いたこの作品は、ホセ・ワタナベの代表作のひとつといえるだろう。

◆結び

細野氏の業績の一部に過ぎないが、スペイン語詩の翻訳を中南米の日系詩人の作品に焦点を当て眺めてみた。日本に父祖の源をもつ海外の詩人たち。彼等が垣間見せる日本的な感覚と、現地の気候風土、文化、言語のなかで獲得した独自の感性、世界観は、私たちが慣れ親しんでいる所謂「現代詩」とは異なる新たな詩の眺望を与えてくれる。日本語による詩的営為に大きな刺激と啓発を与えてくれる。こうした意義を過小評価してはならない。

思えば、我が国の新体詩は海外詩との邂逅と翻訳を直接的な契機として誕生・発展してきた。経済や科学技術と同様に、詩もまた海外との絶え間ない交流のなかで変化・成長し続けている。この現実、このダイナミズムから目を背けることなく、貪欲に詩の鉱脈を探求し発掘する必要があるだろう。そのためには、既成の権威の呪縛や商業主義の誘惑から自らを解き放ち、真に自由な精神を保つことがもとめられる。斬新でありつつ、翻訳に耐え得る内実をもつ作品を書き続けなければならない。

細野氏の訳業は、まさにこうした必要性――詩の本質的要請――に応えるものである。詩の栄誉を受け継ぐスペイン語圏における長年にわたる実務経験と人脈が、細野氏の卓越した詩的感性と響き合い、未知の詩人の優れた作品が魅力的な日本語に翻訳され紹介されていく。この困難な作業を支えているのは、細野氏の内に燃え続ける情熱だろう。己の愛するもの、至高なるものに向かい一直線に飛ぶ詩精神。比類なく熱い情熱の矢。細野豊氏は、そのように詩の宙《そら》を飛翔し続ける情熱の矢である。

【参考資料】
引用した詩篇はすべて次の書籍による。
細野豊訳『ペドロ・シモセ詩集　ぼくは書きたいのに、出てくるのは泡ばかり』（現代企画室）
細野豊・星野由美共編訳『ホセ・ワタナベ詩集』（土曜美術社出版販売）

詩に向かい目は輝く

アンバル・パスト

師匠《マエストロ》細野豊自身によってスペイン語に翻訳され、メキシコとボリビアで書物として出版され、雑誌や新聞に発表されたお蔭で、わたしは彼の目も眩むような詩作品に接することができた。日本の詩へのわたしの親しみもまた、限定的ではあるが、芭蕉の俳句やいくらかの短歌、古典俳句及び禅の公案のスペイン語訳や英語訳に負うところが大きい。わたしは、細野の詩のような詩を他に知らない。それを読むことは、逆光の中で宝石を鑑賞するのに似ている。その喜びは、イメージの独創性によって、また読者の心の中で喚起され、顕彰され、再創造されるに至り、彼の作品がもたらす瞬時の稲妻のごとく煌めく力によって与えられるのである。これらの詩を読むことによって、わたしはこの詩人が持っている、子どもの、若者のそして大人の目で物事を見ることができた。細野は、第二次世界大戦の戦中から戦後にかけて日本で育ち、その後の十七年間をブラジル、ボリビア及びメキシコで暮らし、ペルー、アルゼンチン、プエルト・リコ、スペインのグラナダ、ネパールなど三十余りの国々をも訪れた。これらの体験によって、彼は抑圧された人たちとの一体感を身につけ、批判的な思索者となったのだ。

ほんの幼少のころから、細野の両目は輝いていた。なぜなら、ほとんどの人が見ることのできないもの、例えば、彼の母が助産婦として世話をしていた、新しい命の誕生を彼は——遠くから——見ることができた。また、彼は幼少のころから死を間近に見ていた。それは、わたしたちが——「怨恨」と題された詩の読者として——ひとりの人間の死、上官に殴られながら、身を守らず、抗議もせず、何も言わなかった兵士の死の目撃証人である記憶を通して見たことなのだ。

まさにそのとき、細野豊は、沈黙したまま死んだ兵士のように黙ったままでいてはならないとの責務を認識したのか？　そのとき、他の者たちが見ないものを見、彼らが言おうとしないことを言う詩人であろうとする使命感が生まれたのか？　どんなときに、自分が詩人だと気付いたか、と細野に尋ねたとき、彼はとても謙虚に、今でも自分は詩人なのかどうか分からないと答えた。いつでも真に偉大なマエストロたちは、自らの才能について、こういう態度をとるのだ。

細野の曽祖父、即ち父方の祖母の父は十九世紀の後半に活躍した俳人であった。この人の戸籍上の氏名は、神野嘉右衛門で、俳号は曙庵である。よって、細野はこの人から洞察力や才能を受け継いだかも知れないと思っているようだ。

細野は、趣味で俳句を書き、また、芭蕉の「奥の細道」を協同でスペイン語に翻訳した林屋永吉氏及びオクタビオ・パス氏（ノーベル文学賞受賞者）と交流したが、彼が書くのは、何の規則も制約もない現代詩である。彼は、詩は三つの要素で構成されると考えている。即ち、意味、イメージ及びリズムである。別の言葉で言えば、意味性、視覚性及び音楽性である。日本における詩作において、特に第二次世界大戦後は、イメージに重点が置かれ、韻律や音調にはあまり関心が払われず、詩は黙読されるべきものとされた。

元々、詩は人間が文字を持っていなかった時代に朗唱によって生まれたのだと細野は指摘し、「わたしは、わたしの詩の音楽性をより豊かなものとするため、日本語の特質に適した音楽性を探している。現代詩人たちの音楽性に対する関心が増しつつあるのは、好ましい傾向だ……」と言っている。

細野豊の詩の主要なテーマのひとつは母の偉大さであり、その母のことを彼は、家族の他の人たちや彼の人生の最初の年月を過した横浜郊外の農村地帯とともに、彼の命の「根源」だと書いている。その他のテーマは、太平洋戦争中の生活体験、ラテンアメリカの熱帯と高地平原の住民の歴史と彼らに対する抑圧についての考察及びオクタビオ・パスの著作『二重の炎　愛とエロティシズム』や『三極の星』に触発されたシュルレアリスムと密接に関わるエロティシズムである。

初期の詩において、細野は母親との対話を試みるが、母は沈黙の場所へと旅立ってしまい、彼が接触するすべての女性に関わる記憶の傷痕を彼の心に残した。多くの年月が過ぎて後に、詩人細野は記憶を回復し、詩「母の赤いほっぺた」に昇華するが、そこでも敗戦から数カ月後の日本の悲しみと寒さを書く。母は夜中に、分娩の世話をするため自転車で出かけて行き、止むなく、――父を失った――息子たちだけを家に残して行く。

「わたしが子どもだったとき、通常女性たちは自宅で出産しました。そして、妊婦が産気づくと、家族のひとり（夫または息子）が、妊婦の世話をするため彼らの家まで来てほしいと、母を迎えに来ました。」と細野は書く。彼は出産に立ち会ったことは一度もなかったが、赤ん坊は上げ潮の間に生まれるのだということを知っていた。

母は分娩の世話をするため家を出る前に必ず新聞で潮の満ち干を調べたからだ。そして、赤ん坊が生まれると、彼は――予見力によって――遠くから誕生を感じ取った。

細野の詩で重要なテーマのひとつは、太平洋戦争であり、それは一九四一年、彼が五歳のときに始まり、九歳のときまでつづいた。「怨恨」という詩で、彼は自らが証人となった殺人のことを扱っているが、この詩に関連して次のとおり書いている。

それは一九四五年の三月か四月、日本が第二次世界大戦で敗北する数カ月前のことでした。わが家に隣接する製材所に十名ほどの陸軍兵士たちが滞在して、太平洋沿岸へのアメリカ軍の侵攻に備えて陣地を構築するための木材を製造していました。この分隊の指揮官はツユキという軍曹で、副官はカワシマという上等兵でした。その他はみな二等兵でした。ツユキ軍曹は温厚な人で、彼自身が語ったところによれば、軍隊に召集されるまでは地方の町で魚屋をしていたとのことです。一方、カワシマ上等兵は、痩せぎすの眼鏡をかけた若者でしたが、新兵たちを痛めつけるのを生き甲斐としている残酷な男でした。毎朝、兵隊たちを整列させ、だれかひとりの行動に難癖をつけ、全員の連帯責任だとして、ひとりずつ順に殴打するのでした。製材所で行われていること全てをわたしたちは見ることができました。そこには屋根はありましたが、壁もなく板で仕切られてもいなかったので、外から何もかも見とおせたのです。

ある朝、いつもより激しい殴打の音とカワシマ上等兵の声が聞こえました。わたしたちは家から出て、その情景を見ました。彼は大声を上げながら、ひとりの兵隊を殴りつけていました。兵隊は耐えきれずにうずくまってしまいました。カワシマ上等兵は兵隊を無理やり立ち上らせ、殴りつづけました。ついに、兵隊は前のめりにばったり倒れました。翌日、製材所近くの住民たちが、兵隊は死んだと小声で囁きあっていました。兵隊は盲腸炎に罹っていて、あんなに殴られて病状が悪化し、死んだとのことでした。ツユキ軍曹も彼の副官が兵隊たちを虐待するのをやめさせることができませんでした。なぜなら、太平洋戦争の敗北まで、日本の軍隊において上官は、天皇の名において、部下たちを思うがままに訓練し、制裁を加えてよいとされていたからです。子どものころのこの体験をわたしは、わたし自身が上等兵のあの激しい殴打を浴びたかのように、怒りと恐怖と憤怒をもって憶えています。

細野はまた、九歳のときに東京と横浜への夜間空襲を体験した。一九四四年七月にサイパン島がアメリカ軍の手に落ちると、そこからB29爆撃機の編隊が直接、頻繁に日本の全ての都市に焼夷弾を投下するために飛来するようになったのだ。

東京、横浜及び東日本のその他の都市への最も激しい空襲があったのは、一九四五年の五月の一夜でした。厖大な数の建物、工場、学校及び住宅が焼けて、巨大な炎に包まれました。空襲警報が発令されると必ずそこへ避難していた丘の上の防空壕から、わたしはその恐ろしい光景を見ました。そして、翌朝見た情景は前夜とは全く違っていました。地表は全て灰燼に帰し、見渡す限り一面の黒い平地となっていました。相鉄線上星川駅に近い銭湯の煙突だけが、はるか遠くまっ赤に焼けて黒い平面に突っ立っていました。今でもわたしの心の中には、これらふたつの情景、目の前の炎の海と、遠くの黒い焼け跡に突っ立つまっ赤に焼けた煙突が、原風景として生きつづけています。それらは華麗で鮮烈な光景です。これらふたつの光景以外に、わたしの心の中には美しいものも素晴らしいものもありません。

子どものころから、詩人細野は権兵衛という名の蜘蛛との残酷な遊びをとおして、生と死を見つめてきた。細野の詩が示す率直さ、自分自身に対する正直さ、それは過去の遺体を解剖する記憶の鋭い目である。彼の詩は、とりとめもなく、あるがままに語られる死体解剖の報告である。

「訪問」という詩で、わたしたちは神秘に遭遇するため扉をたたく。苦悩する声たちが死者たちについて対話する。ぼくの友だちはいますか？　もう、死んでしまいましたか？　あまりの苦悩ゆえに発狂してしまった母を亡くしたのはだれですか？

子どもである詩人は、壁の染みの中に死者たちを見つける。戦争の最終日に撃墜された若い操縦士がいる。烏たちが、母、叔父、叔母が死んだ日の記憶の中で鳴く。烏の鳴き声は聞こえるが、その姿はだれにも、細野自身にさえ見えない。

詩人細野は、ロシア語を学びたかったが、コミュニストの言葉を習うのだけは止めてくれと母に反対されて、スペイン語を選んだ。しかし、彼の詩は、頭ではなく本能と心で理解される謎めいた言葉で書かれている。ほとんどいつも、彼は言葉を発音せずに語る。それは、例えば、「火傷の跡」または「死体で一杯の街路」と書くだけで、「ヒロシマ」や「ナガサキ」を思い起こさせる技である。

生まれ故郷で、誕生、死、戦争、屈辱、抑圧などの証人となったあと、詩人細野は別の世界へと逃避する。そして、彼が透視者であり、大きく見開かれた目で物事をあるがまま受容できるがゆえに、彼のレンズを通して、わたしたちは十五世紀にヨーロッパ人に侵略されたアンデス地方の先住民が被った迫害に立ち合うこととなるのだ。そのとき先住民の女たちは、初めて白人と先住民の混血児であるメスティーソ、即ち暴力によって身ごもった子どもを産み落とした。「……絵から血が流れる／緑の山々から人間の歌が／赤い川となって流れでる」（「赤と黒」）という詩などからは、ボリビアやブラジルの密林で濃緑の葉が繁茂する様が感じられ、他の詩からはアンデス地方やメキシコの高原地帯におけるスペイン征服以前の文化がもたらす魅力を垣間見ることができる。

異文化に接したこの時期に、細野は「日本人が持っている劣等コンプレックスと偏見」を痛感する。即ち、西洋第一世界に対する過大評価とアフリカ、アジア、ラテンアメリカに対する謂れのない蔑視である。作品の中で、人間、特に日本人に向ける彼の視線は、手厳しく辛辣である。こうすることで、彼は人間不信とニヒリズムを克服しようとしている。

エロティシズムも彼の大きなテーマのひとつである。彼は、それを花の繊細な生殖のシュルレアリスム的引喩によって描写する。細野は、この上なく繊細な方法で書く。植物の生殖のように、生々しさや下品さから免れて。

細野は、他の者たちが黙って見逃すものを見、話さずに言う。彼は、問題なのは自分の死であって、他人の死などどうでもいいのだと告白する。汚れた海で溺れた詩人の死でさえ問題にせず、詩的で詩人にふさわしい死だと言い放つ。彼は死をあざ笑う。

彼は、死にかけている詩に、庭に住む文学的死体に郷愁を感じるのだ（細野の詩の中のこの魅力は、永年メキシコに住んで、スペイン征服以前の文化から死への敬慕を遺産として受け継いでいる詩人や芸術家たちと交流したことにより、影響され、身につけたものではないかと、わたしは自問している）。

詩は生まれ変わるものだろうか？　それは、不吉な星に変わるのだろうか？　子どもの目を通して光り輝く星座またはダイヤモンドに変わるのだろうか？

細野豊は、荒地の中の雑木でありたいと願うが、彼の木の葉は茂りつづけ、蛍たちが鮮烈な乱舞で繁茂を祝福し、わたしたちみんなの周囲を蒼白にする。（細野豊・訳）

細野　豊年譜

一九三六年（昭和十一年）　当歳
神奈川県横浜市保土ヶ谷区上星川町四九八番地に、父加納弁藏、母ハルの次男として生まれる。

一九三九年（昭和十四年）　三歳
父加納弁藏病死。これに伴い家族は弁藏の故郷大垣へ引き上げることとなったが、母ハルは生地横浜に留まることを希望。よって、戸籍を実家の細野に戻すこととなり、娘泰子、息子豊と孝も細野姓となる。父弁藏とその死に纏わる記憶が断片的に残っている。その後、母ハルは再婚もせず、助産婦として働き、子どもたちのために生きる。

一九四一年（昭和十六年）　五歳
十二月八日、太平洋戦争開戦。数日後、隣組の男の人が夜中に玄関の扉を叩き、「シンガポールが陥落しました！」と告げて回る。

一九四二年（昭和十七年）　六歳
横浜市立川島国民学校入学。当初は連戦連勝が伝えられ、その後も大本営は日本の優勢を国民に伝えつづける。

一九四三年（昭和十八年）　七歳
五月、アッツ島守備隊玉砕。

一九四四年（昭和十九年）　八歳
七月のサイパン島陥落に伴いB29の本土空襲激化、十月のフィリピン諸島への米軍上陸と敗色が濃い中で、軍国少国民は日本の勝利を信じつづける。

一九四五年（昭和二十年）　九歳
三月、硫黄島陥落。四月、沖縄へ米軍上陸。五月の横浜大空襲をはじめ、空襲の体験は原体験として記憶に深く刻まれ、筆者のその後の人格形成に大きく影響。八月、広島、長崎へ原爆投下、敗戦。九月、厚木飛行場方面から進駐してきた米軍兵士が灰緑色のジープやトラックに乗って、厚木街道（現国道一六号線）を横浜経由東京へ向かう長い列を雨戸の節穴から覗き見る。

一九四六年（昭和二十一年）　十歳

九月、姉泰子病死。享年十九歳。
一九四八年（昭和二十三年）　十二歳
横浜市立保土ヶ谷中学校入学。GHQ主導の民主主義教育を受け、焼け跡の中から新しい日本を創りだすのだと、空腹を抱えながら、自由を満喫する。
一九五一年（昭和二十六年）　十五歳
神奈川県立希望が丘高等学校入学。下校途中の電車の中で、米国占領軍の兵士に、前年始まった朝鮮戦争を即刻辞めるべきだと議論を吹きかける。二年生から三年生の一学期にかけて生徒会長を務め、左翼的言動により、母親を悲しませる。
一九五四年（昭和二十九年）　十八歳
三月、中学時代の仲間たちと同人詩誌「青」創刊。四月、東京外国語大学スペイン語科入学。十二月、母ハル病死、享年五十五歳。過労による心臓病等の悪化が原因。
一九五六年（昭和三十一年）　二十歳
一月、第一九号（五五年十二月）までつづいた「青」を発展的に解散し、同人のうちの四人で詩誌「よん」（編集人上原章尚、第二号から「カトル」と改称）を創刊（五七年一月第六号まで）。この年に上原と手分けして和訳した外国詩のアンソロジー『世界現代詩選―ヨーロッパ篇』（私家版、ガリ版刷り）を刊行。収録された十七カ国の現代詩七十数篇の中からアントニオ・マチャード（スペイン）の「罪はグラナダに起こった―F・G・ロルカのために」（細野豊・訳）が詩誌「現代詩」の一九五六年五月号に掲載される。
一九五八年（昭和三十三年）　二十二歳
三月、東京外国語大学卒業。四月、日本海外移住振興株式会社（全額政府出資）入社。経理課配属。東京都渋谷区永住町に住む。
一九六一年（昭和三十六年）　二十五歳
結婚して、神奈川県川崎市に住む。後、同県横浜市保土ヶ谷区仏向町に移転。
一九六三年（昭和三十八年）　二十七歳
七月、海外移住振興株式会社と日本海外協会連合会が合併して、海外移住事業団創立。その一カ月ほど前の一月余り、外務省の事務官及び職場の同僚一名とともに、戦後南米のボリビア、アルゼンチン、パラグアイ、ブラジルへ移住した日本人の移住地を訪問し、その後の援護に資するための調査を行う。その折に、ブラジル、アマゾン河の河口に近いベレン市で会った日系二世青年の「日本人の子供であることが恥ずかしい」との言葉に衝撃を受ける。

一九六四年（昭和三十九年）　二十八歳

海外移住事業団サンパウロ支部（ブラジル）へ赴任。日系二世職員たちと交流し、彼らへの関心を深める。

一九六六年（昭和四十一年）　三十歳

リオデジャネイロ支部へ転勤。二年数カ月に亘るリオ勤務期間中は、パブロ・ネルーダ（チリ）とヴィニシウス・デ・モラエス（ブラジル）の朗読会で人種差別的仕打ちに遭ったり、アフリカ系ブラジル人が主役となるカルナバルで踊るなど得難い体験をする。

一九六八年（昭和四十三年）　三十二歳

同事業団東京本部へ転勤。

一九七四年（昭和四十九年）　三十八歳

サンタクルス支部（ボリビア）へ転勤。その地の詩人、画家、歌手などと交流。昼は仕事、夜はわが家で文化交流パーティー。この頃、ボリビア国ベニ州リベラルタ出身で、スペイン、マドリーへ亡命中の日系詩人、ペドロ・シモセの詩に出合う。九月、海外技術協力事業団と海外移住事業団が合併して国際協力事業団創立。

一九七七年（昭和五十二年）　四十一歳

ラパス市（ボリビア国の行政、立法上の首都）へ転勤、在ボリビア日本大使館に勤務。十二月十一日付日刊紙「EL　DIARIO」に自作詩「悲しみの尽きるところから」の作者によるスペイン語訳が掲載される。

一九七九年（昭和五十四年）　四十三歳

ボリビアより帰国し、国際協力事業団東京本部に勤務。帰国前「EL　DIARIO」紙の記者で友人でもあるマリオ・ベラスコは十二月二十九日(日)の同紙に「詩人、細野豊が帰国する」との記事を掲載。

一九八五年（昭和六十年）　四十九歳

メキシコ事務所勤務。九月、メキシコ市大地震に遭遇。
一九八九年（昭和六十四年・平成元年）　五十三歳
無償資金協力調査部勤務。一九九一年までの間に、援助に関わる調査のため、アジア、アフリカ、中南米等の三十カ国余りへ出張。
一九九二年（平成四年）　五十六歳
九州国際センター勤務。
一九九三年（平成五年）　五十七歳
北九州市の詩人、河野正彦氏、岡田武雄氏等の知己を得、河野氏の推薦により、詩誌「沙漠」（麻生久氏主宰）の同人となり、社会人となって以降低調だった詩作を本格的に再開。第一詩集『悲しみの尽きるところから』刊行。
一九九五年（平成七年）　五十九歳
定年退職。同事業団派遣専門家としてメキシコ市へ赴任。
一九九六年（平成八年）　六十歳
詩誌「日本未来派」同人となる。詩集『花狩人』刊行。
アンバル・パストの詩に出合う。
一九九七年（平成九年）　六十一歳
翻訳詩誌「ＱＵＥＬ」（水橋晋氏主宰）同人となる。
一九九八年（平成十年）　六十二歳
メキシコ勤務を終え帰国。駿河台大学非常勤講師。日本詩人クラブ会員、横浜詩人会会員となる。
一九九九年（平成十一年）　六十三歳
日本現代詩人会会員となる。スペイン語詩集『Dioses en rebeldía（反逆の神々）』をメキシコ首都圏大学（ＵＡＭ）より刊行。
二〇〇一年（平成十三年）　六十五歳
日本文藝家協会会員となる。
二〇〇二年（平成十四年）　六十六歳
詩集『薄笑いの仮面』刊行。
二〇〇四年（平成十六年）　六十八歳
共編訳『現代メキシコ詩集』刊行。メキシコ国チアパス州サンクリストバル市にアンバル・パストを訪問。
二〇〇七年（平成十九年）　七十一歳
共編訳詩アンソロジー『ロルカと二七年世代の詩人たち』刊行、この訳詩集により第八回日本詩人クラブ詩界賞受賞。

二〇〇八年（平成二十年）　七十二歳
サンクリストバル市のアンバル・パスト宅を再訪。

二〇〇九年（平成二十一年）　七十三歳
日本詩人クラブ理事長に選任される。

二〇一〇年（平成二十二年）　七十四歳
第五回ブエノスアイレス国際詩祭に招かれ、多数の聴衆を前に自作詩朗読とスピーチを行う。

二〇一一年（平成二十三年）　七十五歳
横浜詩人会会長に選任される。日本詩人クラブ理事長を任期満了により退任。共編訳スペイン語アンソロジー『Antología de poesía contemporánea del Japón（日本現代詩集）』をベネズエラ国ロス・アンデス大学より刊行。スペイン・グラナダの第八回月桂樹の中の詩祭に招かれ、自作詩朗読とスピーチを行う。

二〇一二年（平成二十四年）　七十六歳
翻訳小説、オラシオ・カステジャーノス・モヤ『無分別』、訳詩集、ペドロ・シモセ『ぼくは書きたいのに、出てくるのは泡ばかり』、詩集『女乗りの自転車と黒い診察鞄』刊行。詩誌「饗宴」にペドロ・エンリケスの詩を訳載。以後、同人となる。

二〇一三年（平成二十五年）　七十七歳
横浜詩人会会長を任期満了により退任。日本詩人クラブ会長に選任される。第五回プエルト・リコ国際詩祭に、相沢正一郎氏とともに招かれ、自作詩朗読、スピーチなどを行う（国際交流基金の助成金を受ける）。

二〇一五年（平成二十七年）　七十九歳
同会長を任期満了により退任。国際交流担当理事就任。日西対訳詩集『蜻蛉と石榴』刊行。

二〇一六年（平成二十八年）　八十歳
共訳詩集『ホセ・ワタナベ詩集』刊行。第五回メキシコ市国際詩祭に野村喜和夫氏とともに招かれ、自作詩朗読、スピーチなどを行う。

二〇一七年（平成二十九年）　八十一歳
日本詩人クラブ理事を任期満了により退任、同クラブ顧問となる。

新・日本現代詩文庫145　細野《ほその》 豊《ゆたか》詩集

発　行　二〇一九年七月十日　初版

著　者　細野　豊
装　丁　森本良成
発行者　高木祐子
発行所　土曜美術社出版販売
〒162-0813　東京都新宿区東五軒町三―一〇
電　話　〇三―五二二九―〇七三〇
FAX　〇三―五二二九―〇七三二
振　替　〇〇一六〇―九―七五六九〇九
印刷・製本　モリモト印刷
ISBN978-4-8120-2513-0　C0192